おひとり
サマンサ

ふわーっと楽しく生きてます

トコ

はじめに

「トコさん、いつも元気で楽しそう。秘訣を教えて下さい」

しょっちゅう聞かれる。

「おひとりさまで好き勝手にワガママしているからよ」

と答えていますが。

実はトコは昔、外食も、映画も１人で行けなかったのよ。

でも、息子たちの独立でシングルライフが始まり、ソロ活動の快適さを知ると、もうやめられません。

自分で決断して行動するのって、なんて気持ちいいの〜、とどんどんエスカレート。

海外旅行だって、単独でさっさと出かけるようになりました。

もっと元気で楽しい日々のため、この本では、日常のモヤモヤ解決法なども提案しています。イヤなことは吹っ切りましょう。同じ悩みがあれば、そうそうと笑って、うなずいてね。

たとえば、さり気なく長電話を切る方法もお伝えします。ふふふ。

もくじ

02 こっこつソロ技

03 ミーハーソロ充

04

健康はプライスレス

05

脱力家族

06

もしものためのユル準備

07

もやもやスッキリ

08

らくちんグッズあれこれ

●ちょこっと行ってみた

01

そろそろソロ活

冷蔵庫さん、ありがとう

朝、パンを焼こうとオーブントースターを開けたら、干からびた物体が入っていた。目を凝らすと、ピザであった。ガガーーン。焼いたまま食べるのを忘れていたのか。物忘れにもほどがある。

いったいいつのだろう。前日は、自宅で食事をしていない。となるとピザは、前々日、夜食で焼いたものに違いないっ。それを思い出せただけでも、ホッとしたわい。

だんだん笑い話ですまなくなることが増えてくるかもね。

以前は、冷蔵庫の閉め忘れでピーピー鳴るのがうっとうしかったが。

今では「ありがとさん、教えてくれて」と、しょっちゅう冷蔵庫にお礼を言っているよ。

お風呂も「もうじき沸きます」「準備ができました」と再三しゃべってくれるのでありがたいわぁ。

煮物もたびたび焦がすのでキッチンタイマーをつけることにした。安心してほかの家事をしていたら、焦げ臭くなってきた。慌ててキッチンに行くと鍋が真っ黒だ。

タイマーはセットしていたが、スタートボタンを押していなかったのよ。

もう、ながら作業は禁止である。料理中はずっと鍋だけを見つめ、一つ一つこなしてゆこうかね。

こんな自慢はやめよう

オーブントースターを開けたらいつのか分からないピザが入っていた。と書いたら「私なんか、そのくらいしょっちゅうよ」と実家の母から言い返された。いやいや、失敗をイバってどうする。物忘れしないように気をつけましょうよ。

んがっ！ 例えば「歩いたらひざが痛い」と人が言ったら「私なんか、立ち座りも不自由よ」と得意げに返し、それを聞いた誰かが「私なんか、じっとしてても痛いんだから」と上の段を行こうとしたりして。

ダメダメ。自分の不調を自慢しあっても、何も解決しないんだから。これからは、同世代の誰かが病気や不自由さを口にしたら「あらそう、「大変ね」と上から目線で励ましてあげましょう。すると、いたわられるのは悔しいから愚痴を言わなくなるもんねっ。

しかぁし、若い世代に対しては、必要以上に、痛いのへったくれのと訴え、同情をかって優しくしてもらいましょ〜よ。だてに年とってないんだから、そのくらい都合よく生きていきたいものです。

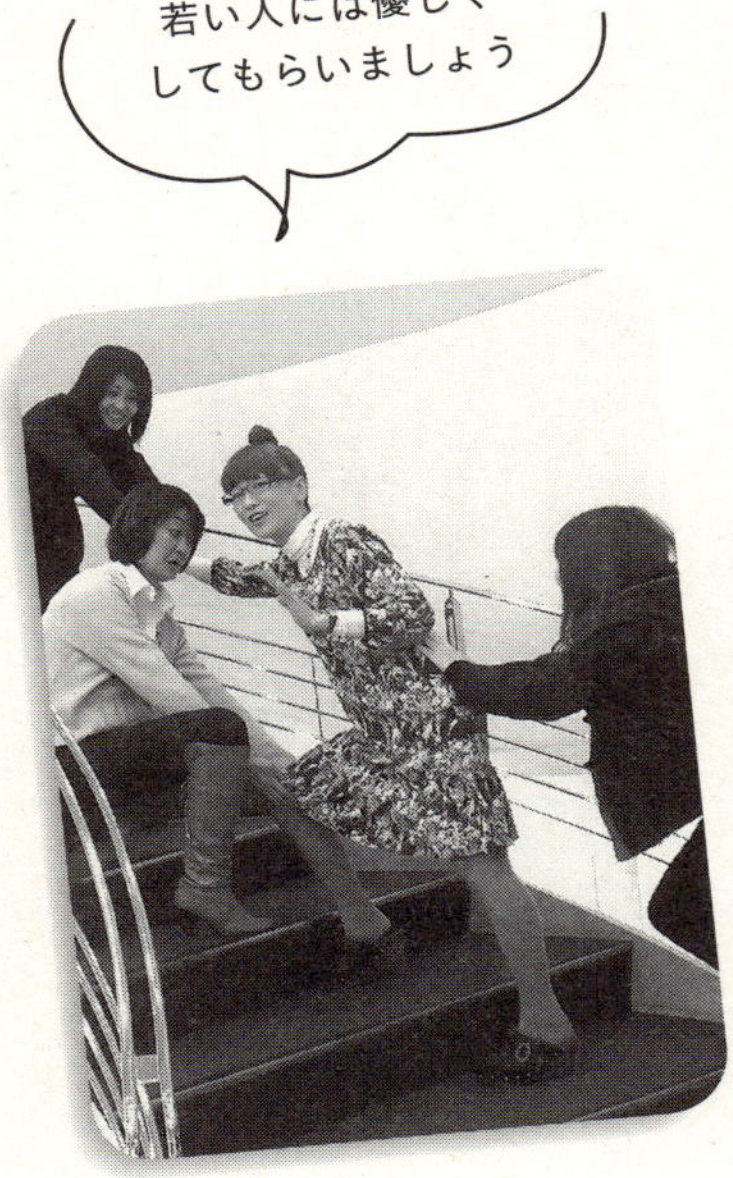

小さな挑戦

近所の小学校から毎日、子どもたちの楽しそうな声が聞こえる。登下校時も、キャーキャー騒ぎながら歩いている。聞き耳を立てるが、帽子がゆがんでいる、くらいのことで大笑いしているのよ。

そういえばトコにも、箸が転んでもおかしい年頃があったなぁ。どうして今みたいに、むっつりになってしまったんだろ。

人は年を重ねるといろんなことを経験する、逆にいえば、初めての体験が少なくなる。だから「あー、これね。知ってる」といまひとつ感情が動かないんだなぁ。

育児がそうだった。長男のときは、寝返りをした、歯が生えたと、いちいち興奮したが。次男になると「寝返りね、ふんふん」「ようやく生えたか」と通過点でしかなかった。次男は記念写真もないし、気の毒だったわ。

しかし、経験済みというのは安心にもつながるので、一概に悪いとは言えないが。やはり初めてのことに感動する心やチャレンジする勇気を持ち続けるのが、若さの秘訣《ひけつ》だと思うのよ。

なので、小さな挑戦として、レストランでは見たことのないメニューを頼むことしばしば。何が出てくるかドキドキよぉ。失敗だったら笑い飛ばそ。

初めてのキノコもぎ取り体験。
ワクワクするわ

早め早め

腕時計が止まった。電池交換をしなきゃと思いつつ、なかなか時計屋さんに寄れなかったのよ。ハガキなども、ポストに入れようと持って出るけど、そのまま持って帰ることとかしょっちゅうありますよね。

そんなことのないように、お出掛け時にすることをちゃんとメモに書くのだけれども、そのメモ自体を忘れたりするんだもの。

あーあ、切ない。

ようやく時計屋さんに持ち込んだら…。

「電池が液漏れしていて、分解修理で2万円ほどかかりますね」と言われた。

ががーん。電池交換なら数千円なのに。

「すぐに持ってきてくれたらねぇ」と注意

される。自分の不注意である。出費はかさむが仕方ない、と修理に預けた。

帰宅したら連絡が来て「よく調べたら、大切な部品もやられていて、もう6千円ほどかかりますが、どうしますか」と追い打ちが。もう徹底的に直してちょうだいっ、お任せします、と答えたわ。

これって、人間の身体もそうだなあと思った。早め早めのメンテナンスは軽くて済むが…。ガマンできなくなって病院にかかったら、あちこちに飛び火して治療に時間もお金もかかるものね。教えてくれた腕時計に感謝せねば。

聖子ちゃんと

松田聖子ちゃんの夏コンサートに、仲間と20年近く通っている。登場シーンは「きゃあー、カワイイ」と総立ちで声援を送るが彼女も50代後半である。

ファンも一緒に年を重ねているので、ライブ中、立ちっぱなしだった昔と違い、しばらくすると椅子に座って静かに聴く演出となる。楽ちんでありがたい。

後半は昔のヒット曲。聖子ちゃんはミニスカートで登場。私たちも造花の赤いスイートピーを握り、うちわを振って応援よ。当時の気分になって体を動かすと、カムバック青春。「いつまでミニかな、聖子ちゃん」。仲間が聞くので「70歳でも、はいてほしい」「そうよ、私たちはそれが励みになるのよ」と口をそろえる。はたから見たら、浮かれた中年グループだ。

以前、舟木一夫さんの公演に行ったとき、観客はトコより一回り上の熟女ばかり。なんと舟木さんは詰め襟の学生服で「高校三年生」を歌ったのである。そのとき会場は熱気ムンムン、目はハート。きっと夫や孫のことなど全て忘れて、乙女に返っていたに違いない。

おひとりさまでもアイドルがいれば一瞬で青春に戻れ、人生を共に歩めるわね。

コンサートで集めた聖子ちゃんのうちわ

社会って理不尽

放送論の講義をしている久留米大学の学期末テスト。約150人の生徒がトコが作った試験問題に取り組んでくれます。

いまさら思い知るのは、学生のころは、努力すれば必ず報われる時代だったのだなあということです。理由は、テストの点数でいい点を取れれば、間違いなく順位が上がる。すると、自分は達成感をもてるし、他人からは頑張ったね、と褒められる。

成績を上げるには、ただ、勉強をすればよかったのだ。

学生にとっては当たり前のことだが、社会に出たら、そうではない。

まず、仕事に点数がつかない。営業で契

約をたくさんとったところで、会社にキチンと評価されないことも。なんであいつが！と思うような人が、気に入られて重用されたりするのよ。

さらに、自分が根回しをして頑張った仕事なのにっ、ちゃっかり、最後の報告をした人の手柄になったりするのである。

キー！　悔しい。

会社って理不尽だわー！

だから、だんだん手を抜くすべを身に着けてしまうのかしらん。正当な評価を信じて真面目に試験に取り組む学生たちがまぶしいわ。採点、しっかりやらなきゃ。

休む勇気

お元気な80代の方に、「何か健康のために運動をしているのですか」とお尋ねしたら、「ずっと何もしてないの。それが元気の秘訣よ」ですって。歩き方がシャンシャンとしているので、てっきり毎日ウオーキングなどをしていると思ってました。

「若いころから運動していたらいいかもしれないけど。この年になって、健康にいいらしいから、と急に何か始めるのは危険だわよ。今の状態を変えないように、そーっと生きることにしてるの」。豪快に笑った。

なるほど、余力があれば健康法を取り入れるのもいいが、今が元気なら今の生活を変えないでおく、という選択肢もあるのね。

確かに、古いエアコンを、自分以外の人がスイッチをいじって設定を変更したら、それっきり動かなくなったことがある。機械にしろ人間にしろ、長年つちかってきた、リズムや癖というものがあるわよね。

そのリズムは、きっと自分にしか分からない。「今日無理したら、疲れて寝込むかも」なんてときは、不義理をしても、休む勇気を持つことが大切ね。

皆と同じように健康でいなければならないとおびえるより、わたしゃだいたいこれくらいでいいいと妥協しましょ。

嫌な電話を切る技

毎日、毎日とっても楽しぃのよ。

なぜかしら。その理由を考えたら、簡単だったわ。

嫌なことをしないようにしているからだわ。

具体的な例を挙げると…。

友達から愚痴の電話が来たとします。こっちが必死に聞いて、慰めても立ち直らないし、アドバイスをしても聞いてはくれず、だらだらと話は長いし。揚げ句、向こうは言いたいだけ言ってスッキリ。残されたこちらは、ドヨ～ンと他人の負のエネルギーをしょわされてしまうの。

なので、トコは決めました。

友達が電話で愚痴りはじめたら、玄関に走って行って、自分の家のチャイムを押します。

「ピンポーン」。受話器越しに聞こえますから「あ、ごめん、荷物が届いたみたい」と相手に告げ、電話を切ります。

自分の人生における無駄な時間も節約でき、気分もへこまされることなく終われます。

考えてみたら最近は、陰気な電話がなくなったわよっ！　前向きな姿勢でいたら、ポジティブな話ばかりなの。よかった。自分から嫌なことは断ち切る。ちょっと勇気のいることですが、ピンポンを押してみましょうか。

盆・正月はチャンス

盆・正月には、久しぶりに家族が集まる、なんておうちも多いのではないでしょうか。チャンス到来です。自分の老後については、自分自身で考えて決めることができる。しかし難しいのは、親子間で、聞いておきたいけれども聞くことがはばかられる事柄だ。介護、相続、葬式、遺言など、どうするつもりなの。

トコは、昭和一桁生まれの両親には、あまりにも現実的過ぎて、面と向かって聞くことができない。「お葬式は?」と尋ねたら「私を殺す気か」と不機嫌になるはずだ。笑って語れる若い時期に、そんな話し合いをしておけばよかったと、今となっては、後悔しきりだ。

そこで、子から親へ、親から子へ、親族が集まる正月の席で「私は宇宙ロケットで散骨希望」など、わいわい楽しく話すチャンスをつくってみてはいかがかしら。相続、不動産、介護など、将来へのぼんやりとした不安はたくさんあります。

実は、そんな不安解消のお手伝いをするために、西日本新聞社が「生活の窓口」（福岡市・天神エルガーラ１階）を開設しました。無料で相談ができます。何を相談していいか分からないけど、不安な方もどうぞ。心配の原因が分かると、気持ちが楽になりますよ。

極寒のロシアで旧交温め

ロシアのサンクトペテルブルグに行った。趣味の風水で吉方位に行けば運が開けるらしい（方位は人や時期で変化）。ま、おまじないのようなものだが、距離や日数に比例するって。そこで思いっきり遠くを世界地図で調べたら、かの地があったのだ。うはっ、夫の転勤で暮らしている友人がいたよ。「うれしいけど、極寒の冬に来るの？」驚かれました。モスクワ乗り換えでサンクトペテルブルグまでは、ひとり旅。運が開けたかどうかは不明ですが、県立高校の同級生だった彼女と「ねぇ、数十年前の高校生だった頃、将来、私達がロシアで散歩しているなんて想像すらしなかったよね」「ほんと、もっとすごい未来があるから、健康で長生きしようっ」約束したわ。人生ってこういう知らない景色を見るために歩き続けることなのかな。おひとりさまの未来がますます楽しみになりました。

02

こつこつソロ技

野菜は一度に

毎日するのは面倒な食事の支度。なので、ご飯は3合炊いて、1膳《ぜん》分ずつ冷凍してます。炊いてすぐに保存するとチンしたときもおいしいの。

さらにひとりだと、買った野菜を使いこなせないのよね。で、野菜や食材の買い物は、週に1度くらい。そしてその日、新鮮なうちに、まとめておかずを作ったり、下ごしらえをするのよん。

根菜類は、火を通しておくと、そのまま蒸し野菜でもいただけるし、汁の具にもすぐ使えます。カボスだって切っておくと手軽に添えられるし。小松菜は日持ちのする煮物に。ナスは焼きナスにして、すぐ食べられるようダシにつけておく。たたきキュウリは浅漬けに。

これだけ冷蔵庫にあれば、数日間は包丁使わなくてもいいわよ。もちろん、食べるときは、きちんと器には盛りつけます。やれやれ。「また同じおかず～」と文句を言う家族がいなくてよかったわ。わたしゃこれで十分ザンス。

そうそう、カレーを煮込むときだって、途中で四つに分けて、ポトフ、ホワイトシチュー、和風味、カレーと作っちゃうんだから。

まとめて下ごしらえすれば
数日は包丁いらず

メガネがない

メガネは30本以上は持っているかしら。しかし、しょっちゅう使うエースのメガネは5本くらい。ほとんどはベンチを温めてます。

洋服だって「同じ服ばかり着ているわ」と思うことあるでしょ。それと一緒ね。

いいのいいの、無駄な買い物をした経験があるからこそ、買い物上手になるわけで、毎回学べばいいの。失敗こそ成長のチャンスよっ。うぉ～、どこまでもポジティブ、つくづく反省しないオンナだわ。

しかし、メガネを家のあちこちに置きっぱなしにしてしまうのは、時折、反省してます。

先日も、ピンクのメガネを探すために、赤のメガネをかけて家中を捜索（ド近眼なのでメガネなしでは見えないのよ）。ふと鏡を見たら、赤メガネをかけたトコの頭の上に、ピンクのメガネがちょこんと乗っていました。あっちゃ〜、赤面。

さらに、赤白メガネが行方不明だったとき。帰宅して冷蔵庫を開けたら、庫内にありました、赤白メガネ。どういうこと？

お出掛け前にゼリーを食べようとして、老眼だからメガネをはずして消味期限のラベルを確認したのよ。そのときに棚においたのね。わ〜お。思い出せてよかった。

冷蔵庫を開けたら、
棚に…

トイレの扉

ひとり暮らしで身についた癖がある。その一つは「トイレのドアは開けっ放し」。だって誰もいないのだから、いちいち閉めるの面倒くさいじゃん。

見逃したくない野球中継のときなど、ドア全開にして、トイレで半身乗り出しながらテレビの音を聞いているわよ。おひとりさま仲間に話すと「私もそう、開けっ放し」の同意の声が続々！

さらに、お風呂上がりはしばらく全裸でうろうろする癖もついたわ。風呂上がりにパンツ一丁で娘に叱られるお父さん、ご同情申し上げます。パンツすらはかなくてOKの自由奔放な生活を体験すると、もうやめられないわ。

誰にも迷惑かけないからいいじゃんと、たかをくっていたら。やらかしました！　旅先で部屋のトイレに座っていたら「トコさん、開いてますよ」と半開きのドアが閉められたのよ。「あら、うっかり。家で閉めないからさ」と言い訳したら、友人が「うちの母もいつも開けているんです。恥ずかしくないんですかね。年とってもそんな女にはなりたくないわ」ですってさ。

フンッ、あんたもすぐになるわよっ！

でも外出時には、ちょっと人の目があることを意識しなきゃね。

私だけのサンマ

涼しくなりました。食欲の秋ですね。ひとり暮らしで幸せだな、と感じることは、脂がじゅうじゅう乗った焼きたての魚を絶好のタイミングではおばれるってことよ。

「よし、今夜はサンマを焼こう」と準備をしていたら、窓からほかのおうちのサンマを焼くにおいが入ってきた。家族分を焼いているのだろう、かなり大量よ。

あんなふうに家族のために焼いているときは、配膳したり、皆がそろうのを待ったりしているうちに冷えちゃってたよね。ほんと、腹が立つ。

一生懸命に作り、出来たてのおいしいときに食べさせたいと「ゴハンよーっ」と大声で家族を呼び集めていたが。生返事でゲームとか続けてたから叱ってたわ。

しかしそのころは、きれいに焼けた魚を家族に食べさせ、焦げた魚はそっと自分が食べていた殊勝な女であった。

それがある日「焦げたのが好きなの?」と息子に言われ、ショックを受けた。私のガマンをやつらは気付いていてなかったのだよ。

あっ、いかん。せっかくおいしく食べようとしているのにイヤなこと思い出した。胃潰瘍が悪化するから、ストレスがたまることを考えちゃダメダメ。

自分だけのために
焼いたサンマ

しまう前に掃除

急に寒くなったので、慌ててホットカーペットと加湿器を引っ張り出しました。カーペットを広げたら、クッキーの食べかすとかがボロボロ落ちて汚いの。そうだった。片付けるときにちゃんとベランダに干して、布団たたきでパタパタしてから収納しよう、と思っていたけど…。

つい面倒くさくて。出したときに掃除すればいいか、とそのまま押し入れに突っ込んだのだったわ。知人は「石油ストーブを出したけど、本体が汚れているし、芯とか燃え尽きてて。しまうときに手入れをしておけばよかった」と後悔してました。ワハハ、みんなそうなのね。

いやいや、安心してはいかん。毎日の小さなことでも、次に、すぐ使えるようにしておく、というのは快適生活のコツですね。ゴミ出しをしたら、ゴミ箱にすぐに新しいゴミ袋をセットしておく、とか。

絶対に気を付けなければと思ったのは、トイレットペーパーよ。用を足し、紙に手を伸ばしたら残っていなかった。予備の紙は洗面所の棚だ。中腰でトイレを出て洗面所までよちよちと歩いて、紙を補充。おひとりさまでよかったよ。

あ、家族がいたら「紙とってー」と叫べばいいのか。

大事な物はプライスレス

できるだけ荷物を増やさないようにしていますが。なぜかじわじわ増えていました。どうしてかしら？　引っ越しでは、「おひとりなのに、荷物が多いですねぇ」と業者から言われ、深いため息が出ましたわ。

で、ハンドバッグが欲しかったのですが、買う前に自分の持ち物を点検してみました。すると、母から譲ってもらった立派なバッグが見つかりました。

そういえば、ファスナーが壊れてタンスに突っ込んでいたのだったわ。クロコダイルなので、今買うとかなりの値段だわよ。もらったときは、どんな服に合わせようかと持ちあぐねていました。ちょうどいい具合にレトロになって、今の流行にピッタリね。

早速リフォーム店に持参して相談したら「いま、バッグ修理は混雑していて3カ月くらいかかりますがいいでしょうか」と言われる。みんな同じようなこと考えるのね。

「待ちます」と預けましたが1カ月で出来上がってきましたよ。

修理の値段はファスナー交換で1万3千円かかりました。でも、大事な物はプライスレス(値が付けられない)ですよね。大切に使わなきゃ。

ファスナーが直って
使えるようになりました

卵を新聞紙で包んだら…

スーパーでは食品が何でもかんでもパック包装されている。昔の市場では「煮豆100グラム《グラム》ちょうだい」と言えば、三角形の油紙に入れ、袋の両端をくるっとねじって渡された。肉屋さんは、木を薄く削った「へぎ」に包んでくれ、卵屋さんは新聞紙で包む。それぞれ特徴があったよね。

先日、自宅に知人から段ボール箱が届いた。開くと2段重ねで200個くらい産みたて新鮮卵が並んでいた。わあ、うれしい。でも、食べきれないので、自宅分だけ取り、仕事場におすそ分けで持っていった。

「いいんですか。じゃあ5個ください」「そういわずにもっといいわよ」などと話して見ていたら。ハンドバッグの上部にそのまま入れたり、ポリ袋に卵を放り込んだりするのよ。「ちょっと待ったあ！　そんな入れ方じゃ、割れるでしょう」と指摘したら…。「ここに卵パック、ないですし」「そっと持って帰りますから」だとさ。

若者は卵の包み方を知らないのかっ。そこで昔の卵屋さんみたいに新聞紙でささっと包んでみせたら「わあ、すごい」だって。いにしえの常識は、今や感動の技なのね。年齢を重ねると知恵者になるって、こんなことか。

昔の卵屋さんで
やっていた包み方

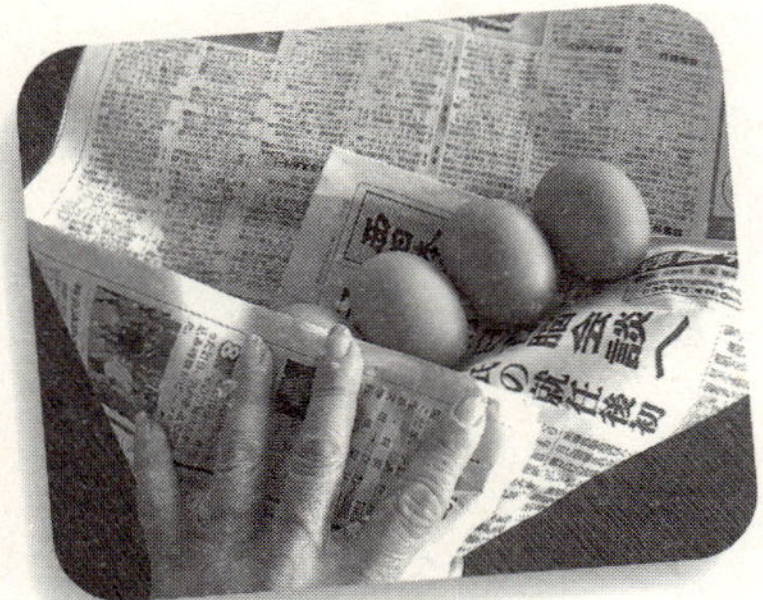

気合十分

おひとりさまだと、生活が雑になる。刺し身を、買ったトレーのまま食卓に出したりする。キチンとお皿に盛らなきゃ、と反省。人の目がないって、気が楽だけど、だらしなくならないように注意したいわね。

趣味の神社めぐりで、お供え物を頂戴した。昆布とするめとかつお節である。昆布とするめは、そのまま使えるが。かつお節は削り節パックじゃなくて一本物なの。かじるわけにもいかず、粗末にはできないし。

で、ピンときた。これは神様が、かつお節を削るような丁寧な生活をしなさい、という教示かしら、と。

そこでかつお節削り器を買うことにした。

何を選べばいいかわからないので、「はなちゃんのみそ汁」のはなちゃんのお父さんに尋ねた。そしたら、おすすめはこれ！と紹介してくれました。7千円くらいとお値段は張るけど、一生ものだからね。

「慣れないときは、床に置いて体重をかけて」「尾を上に、押して削ります」。アドバイスをくれた。どっしりした削り器が台所にあるだけで、なんだかうっとり。これで、こだわりの生活が始まるかと思いきや、削りてのかつお節がおいしくて、立ったまま、猫まんまをかき込む、雑な日々は続いてます。

本格的な削り器を購入しました

500円玉貯金

仕事は増えたのに、お金がたまりません。おひとりさまの老後を考えたら少しはためておきたいのですが。

ついつい、あったら使ってしまう悪い癖があるからでしょうね。そういえば正月セールで見境もなく洋服を買っちゃったし。

「今年は財運に恵まれる年、お金をためるチャンスです」と風水の本に書いてありました。そこで、トコの今年の目標の一つは「お金をためる」にしましたよ。

すぐ雑貨屋さんに行って大きな貯金箱、それも開けることができないタイプを、勢いあまって二つも購入しました。こういうものは、自分の決意が固いときに実行に移さないと、すっかり忘れちゃいますからね。

この貯金箱は500円玉だと50万円たまるそうです。つまり二つで100万円！　ふっふっふ。何年かかるかわからないけど、豪華客船の旅とか優雅に行けるかもよ。

そこで、財布に500円玉が入っていたら必ず入れる、というルールを作りました。毎日入れたいのですが、そううまくいつも500円硬貨があるわけでもなく。500円玉のおつりが欲しいために買い物をしてしまう体たらく。結局それって、無駄遣いしているんじゃないかしら。前途多難でござる。

避難の時にはこんなもの

地震や豪雨などまさか、ということがいつでも起こるのだ、とあらためて知らされました。

そして感じた不安は、おひとりさまは、今どこにいるかを自分以外は知らない、ということです。気ままに出掛けていましたが、これから日常の外出も、子どもたちに「今から出掛けます」と行く先を告げ、帰ったら「ただいま」をメールで伝えることにしました。

そして自分の一番大切な物は何だろう、と避難グッズの点検をしながら考えました。それは「命」でした。地震で建物の下敷きになって救出される様子が報道されていました。新聞にも「『助けて！』」と何度叫んでも反応がない。そのうち『壁をたたいてください』と声が聞こえたので、夢中でどんどんと壁をたたいた」と女子学生の話が載っていました。

もし閉じ込められても、私たちの年代には、そんな体力は残っていないでしょう。そこで携帯電話とキーホルダーに、ホイッスル（笛）を付けました。声が出なくても口にくわえて呼吸をするだけで音がするので、救助隊に聞こえるのでは。それとＬＥＤライトと鈴。音と光があったら、精神的に耐えられるらしいので。

キーホルダーに
ＬＥＤライトや鈴を。
スマホに笛も付けました

駐車場で「車がない」

あーあ、またやっちゃった、どこに車を止めたっけ。買い物帰りにぼうぜんと、だだっ広い駐車場で立ちすくむ。ショッピングセンターの駐車場や、何階もある駐車場ビル。どこを見ても、駐車場は同じ風景です。そこで、西4だとか、青ゾーンとかちゃんと書いてあります。確認するようにはしているのですが、買い物していたら、覚えていたはずのエリアを忘れてしまうのよ。

自分に自信があったときは、止めた階を間違えているくせに「車がない、盗まれたっ」と青ざめたこともありました。今は、うなだれて上の階から下の階までぐるぐる捜して歩き回ります。

それでも見つからなかったことがあります。そのときは、他の駐車場に止めていたんですよっ。アハハのハ。誰かといたら笑えたでしょうが、ひとりで悲しかったです。

またまた車がなかったときのことです。しばら〜らくして思い出しました。その日は車ではなく、バスでした。あたし大丈夫かしら？

不安になっていましたら、同じ悩みを抱えている人が教えてくれたのよ。「止めた場所を、携帯で撮影するといいですよ」だって。なるへそ、その手があったか！　スマホで駐車場所をパチリ、ぜひお試しください。

駐車した場所を
撮影しておくと安心です
S3-10

年賀状、やめます

やっほーい。今年の暮れはストレスなしで過ごせています。

例年この時季は、イライラしてます。理由は、あと数日で大みそかなのに年賀状が手つかずだから。分かっているんだから早めに年賀状を印刷すればよかったのに、と毎年同じ後悔をしながら自宅のパソコンで制作します。

さあ、印刷に取り掛かろうとしたら、プリンターの機嫌が悪く、はがきが引っ掛かってプリントできない。やっと印刷し始めたかと思うと夜中にインク切れ…。

来年こそは、早めに準備しよう、と決意しても、結局次の年もドタバタ。それを繰り返すこと十数年。自由業なので、一枚でも多く出して仕事につなげたい、と必死に増やして書いてきました。さらに年賀状だけでつながっている昔の友人、知人もいます。

しかし、時代は変わる。いまや連絡の取れなかった昔の友人なども、フェイスブックで捜せば、たやすく見つかります。そして年賀状で仕事をもらったことはないなぁ、と思い当たりました。「そうだ！　年賀状を出すのをやめよう」

そう決心した途端に、つきものが落ちたようにスッキリしました。既に250枚買っていましたが、切手に交換してもらいます。

移動1495キロ米国の旅

パワースポットが大好き。３泊４日で米国に旅した時も、地図を見て計画を立てました。まずロサンゼルスからフェニックスに飛び、そこから車で数時間移動。アリゾナのモニュメントバレーに１泊。次に、ネーティブアメリカンの聖地・セドナへ。セドナは赤い岩山に囲まれ、インディアンが先祖の声を聴くために、いまも訪れるそうで、山付近で彼らを見掛けても、カメラを向けるのは禁止です。神聖な場所でのエチケットは世界共通ね。現地では、のんびり滞在してトレッキングなどで大地のパワーを吸収するのが本来の楽しみ方ですが、トコの予定は１泊。それでも楽しみたいので、ここで靴とリュックを購入して岩山に登ってみたわ。山頂でおひとりさまの幸せと健康を願って5分で下山。こんなドタバタじゃ、聖地のパワーは吸収できてないわよね。チェッ。そして最後の夜はラスベガス。移動距離は1495キロ。ほとんど日本縦断です。地図で見るより米国って広い！

03

ミーハーソロ充

1人でひょいひょい

以前は、1人で行けなかった映画。誰かを誘うと、日にち、待ち合わせ場所、作品の選択、で映画鑑賞は一大イベントだった。さらに、誘った映画がイマイチだったら、相手に申し訳ないし。感想が食い違ってもガッカリさせられる。なのでなかなか映画に行かなかったが。

今は違う。見たいときに見たい映画に、1人でひょいひょい行く。レートショーやレディースデイを利用すれば安い。1冊の本を読むのはしんどいが、映画は2時間程度座っているだけで感動できる。お陰で人生をいろんな角度から考えられるようになったかも。

ただ恋愛映画だと「あのおばさん、1人で

観にきている。淋しい女ね」とカップルから思われるのはシャクなので、場内が暗くなってから座るようにしているが。その話をしたら、「フハハ。誰も気にしてませんよ、自意識過剰ですね」と笑われた。グサッとささる言葉だわ。そう、おひとりさま行動を躊躇《ちゅうちょ》する最大の原因は、自意識過剰なのである。

それでも、映画に1人で行けないわ、と尻込みしている方。福岡市では、KBCシネマは、こじんまりしており、おひとりさま率が高いので、行きやすいわよ。

KBCシネマは
オススメよ

KBCシネマ1・2

七夕の誓い

季節の行事はきちんとしたいと思い始めた。昔は面倒だったのに、なんでだろ？

お彼岸にはおはぎを食べながら、ご先祖様のところへ墓参りに行かない非礼をわび、端午の節句にはかしわ餅を食べながら息子の成長を祈った。今はコンビニに季節商品が並び、伝統行事を教えてくれるから、うっかり者のおひとりさまにはありがたいよね。

しかし、コンビニが全国に広めた節分の恵方巻きのように、地域色が薄れるのはいかがなものかと首をかしげるが。節分に気が付かないよりましである。

さて、神社では6月30日に夏越しの大祓《はら》いがあった。1年のちょうど半分なので、今年の目標がどの程度進んだか、とトコは見直すことにしている。がっ、年頭に誓った目標を思い出せない、という情けなさ。

それならば、七夕に心機一転を誓おうではないですか。短冊に願い事を書かねば！

張り切って考えたのが「英会話上達」「ゴルフのスコア100切り」だ。

おいおい、これ、願い事じゃなくて自分の努力でかなうことだわよ。しかも昨年も一昨年も同じだった。自分の進歩のなさに気付かさせられるわぁ。おっとと！　それが七夕の狙いか。

なじみの店

その季節になったら必ず足を運ぶお店がある。夏はかき氷。博多川端商店街（福岡市）のはずれにある「中洲ぜんざい」。引き戸を開けるとそこは昭和、ホッとするわ。

ここのかき氷が綿菓子みたいで絶品なのよ。トコは宇治あずき白玉をいつも頼みます。苦みと香りがいいのよ。「ミルクかけ宇治はないの？」なんて口に出そうものなら、ピシャッと叱られます。「うちの宇治は抹茶をたてて作っていますので、そのままで」と。

このかき氷を食べたことがない友人がいたら必ず連れていきます。ひと口目で「何これ、フワフワ」と目を丸くするのを見るのが楽しみさ。今年も夏が来たのね〜、とほおばっていたら店の女将《おかみ》が尋ねてきた。

「毎年一緒に来られていた○○さん、お元気ですか。今年はまだお顔を見てないんです」だって。「彼女は春に転職して忙しかったのよ」と説明し、すぐさまおひとりさまの彼女にメールをしたよ。彼女からも「行きます、元気です、って伝えて」と速攻で返事が来たわ。

なんかさぁ、他人から気に掛けてもらえるって、ちょっぴりうれしいものだね。おひとりさまネットワークには、行きつけのお店も重要かもね。

忘れ物対策

忘れ物が多い。

通帳記入のため銀行のＡＴＭ（現金自動預払機）に並んでいた。月初めで混雑している。ようやく機械の前に進んだら、通帳を持ってきていないのよ。アホか、自分！　デジカメの修理に行ったらカメラを家に置いてきていた。あ、またか。こんな無駄足がちょいちょいある。これらの場合は出直せばいいが…。

先日、ラジオ番組出演のため、トーク用の資料を前夜に準備していた。健康話なので専門用語が多く覚えきれないのよ。こればっかりは生放送なので忘れては取り返しがつかないことになる。

ところが当日。出掛ける直前になって資料

が見当たらない。机や本棚、リビングにキッチン。狭い家を何往復したことだろう。もう出発しないと本番の生放送に間に合わないっ。手探りで話すしかないな。そう覚悟を決めて靴を履くことにしたら…。

なんと、ブーツに資料が丸めて突っ込んであるではありませんか。あっちゃー。そうだった。昨晩、絶対に忘れない場所を考え、ここなら必ず気付くわ、と行動したのだった。念の入れすぎである。

いつもと同じことをしていては忘れるし、特別なことをしても忘れる。どーすればいいんでしょう。

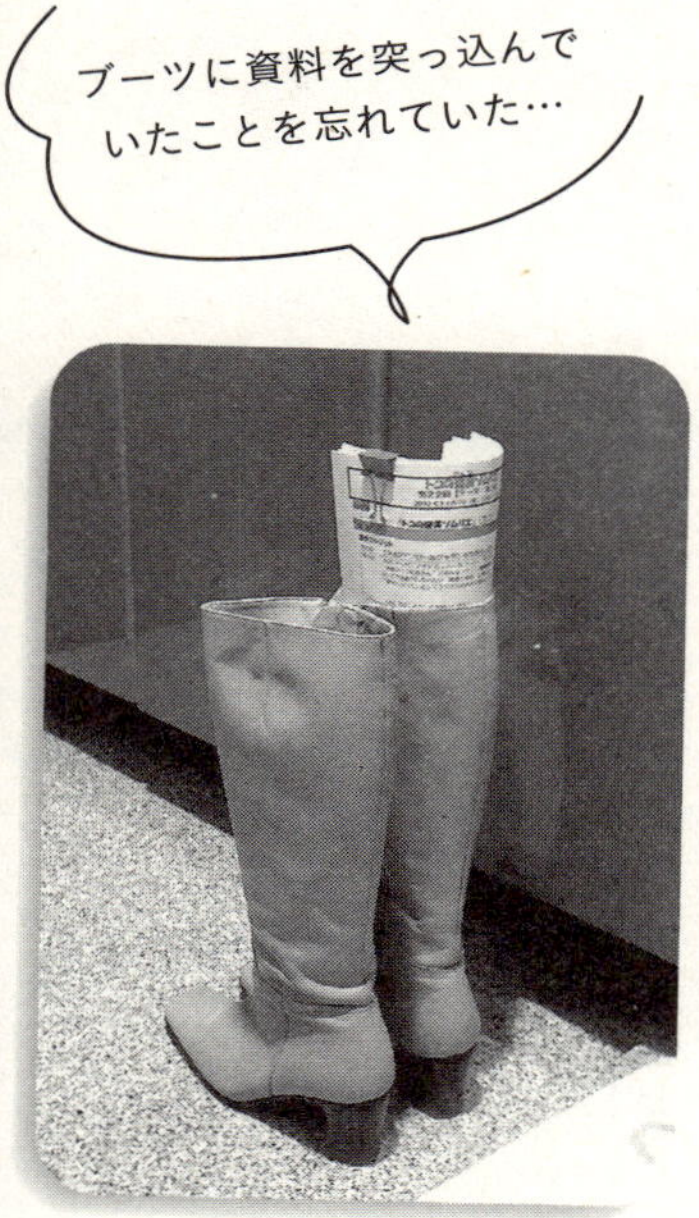
ブーツに資料を突っ込んで
いたことを忘れていた…

マスクで一石四鳥

病院にインフルエンザの予防注射を打ちに行った。待合室は、盛大にせき込んでいる人や、高熱で苦しそうな人で混雑している。ヒャア。予防注射に来たのに病気をもらいそうだ、と不安になった。せきが出るならマスクをしてくれ、と頼みたいが、そんな勇気はないので自己防衛しなきゃ。そこで、外出時はマスクをするようになった。

これが一石四鳥なのよ。ウイルス飛沫《ひまつ》をカットでき、着用していると暖かい。さらにマスク内は自分の呼気がこもり、乾燥したお肌が潤うの。安上がりでエコなセルフエステだわ。

最大の利点は、顔が隠れるってこと。マ

スクをすれば素顔で出掛けられる。すると洋服も手抜きになり、ヨレヨレでも平気になる。
先日、福岡市の天神で顔見知りのイケメンを見掛けた。浮かれて声を掛けたら「えっ、トコさんですか。マスクで分からなかった。顔色が悪いけど大丈夫ですか」と心配された。しまった。化粧して着飾ったときしか会ったことないもの。慌てて、具合の悪いふりをしてせき込み「今、病院帰りなの」とうそをついた。いくら顔が隠れても、知人に会って恥ずかしくなる格好では出歩いちゃいかんな。

マスクをすれば誰か
分からないと思いきや…

生まれた日の新聞

「1970年といえば？」「大阪万博！　太陽の塔」と即答できるのは、私たち55歳以上かしら。三波春夫さんの歌が頭に染みついている。行列に並んで「月の石」を見たな。昔のことをよく思い出すのは、それだけ長く生きてきた証拠だろう。

じゃあ、自分が生まれたのはどんな日かしら。最近ではコンビニで誕生日の新聞が入手できるそうよ。早速、行ってみました。

店のコピー機から全国紙とスポーツ紙を購入しました。面白かったのはテレビ面。こんな投書が。《外国テレビ映画「恐怖の島」は始めから終わりまで画面と吹き替えの声がずれ、コマーシャルまでさかさに写るという不

手際ぶり。そのため内容がよく理解できず。せっかくのサスペンスドラマもぶち壊しだった》

　わはは、すごいねー。さらに下段には目を疑う不動産情報が。《早勝！　青山地下鉄5分、美邸185万円》や《世紀の大安売り！　ござ一枚の御値段で一坪《つぼ》の土地が永久の財産に。ご婦人も店員さんも気軽に買える。都内直通30分。坪380円》など。

　あー、タイムマシンがあったら土地を買い占めに行きたいわぁ。コンビニじゃないけど西日本新聞も「思い出新聞」というのを扱ってた。プレゼントにもいいね。

私が生まれた日の
西日本新聞夕刊の一面

鳩山元首相死去
けさ音羽の自宅で
なお打開に努力

温泉で朝風呂

主婦は時間のやりくりがしやすい。家族を送り出した後は、自由なひとときを持つことも可能よね。さらにおひとりさまだと、誰に気兼ねすることもなく出掛けられるの。

しかし、旅行となると計画も立てなきゃならないし、予算もそこそこかかります。でもね、温泉に入ると、大地のパワーを体中にもらえて運が上がるらしいのよ。

開運アクションが大好きなトコ。日帰り温泉に行くことにしました。

といっても近所の温泉施設です。どうせ入浴するならお湯のきれいな朝がいいわね。そこで早起きして、掃除、洗濯、皿洗い。あらまあ、楽しい予定があると、家事がはかどるはかどる。

開店と同時に温泉施設に入館しました。平日だと料金も安くてお得だし、朝一番は清掃したての湯船や脱衣所が気持ちいい。露天風呂では立ち上がり、ラジオ体操をしたわよ。だってお客さんいないんだもん。

お風呂上がりはやっぱり瓶の牛乳よね。ごくごく飲んで、ぷはー！　休憩所もほとんど貸し切りだったわ。ごろごろしてお昼ごろ帰宅したけど。

非日常の数時間で、すっかりリフレッシュしました。千円以下でストレス解消ができて満足じゃ。

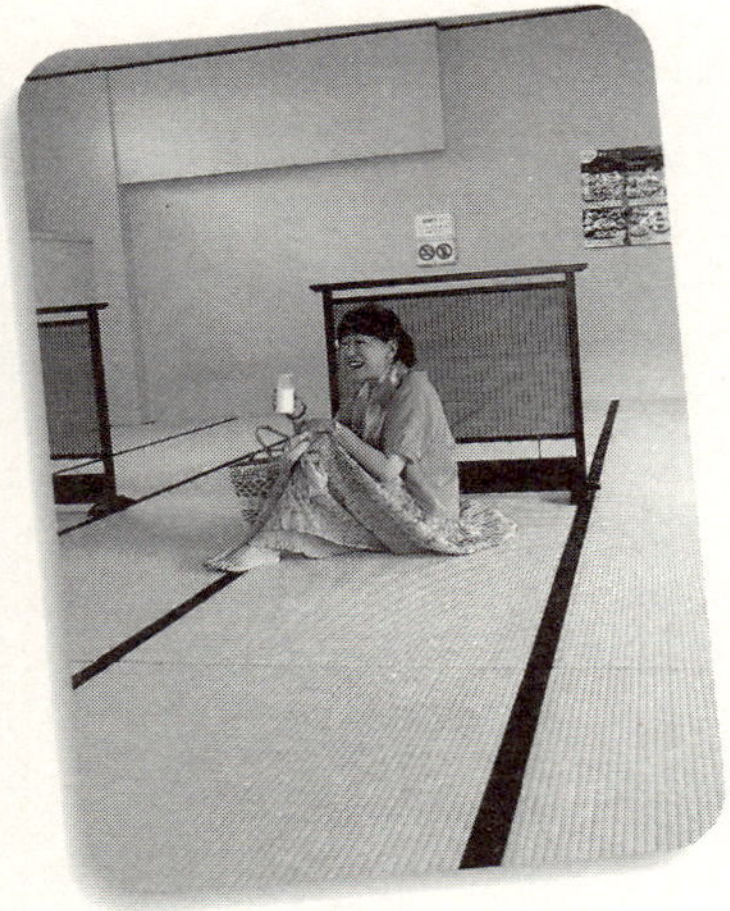

おひなさまも五月人形も

おひとりさまですが。季節の行事はします。メリハリつけないとすぐに1年たつんだモン。今は、ひな人形を飾っていますよ。もう「嫁に行く」つもりはないので、桜の散るころまで、楽しみまぁす。片付けたら、次は、五月人形を出さなきゃ。

北九州市・小倉の魚町銀天街の店で「最近、小さいサイズの、男の子の節句人形が売れています」と言われました。桃太郎や金太郎が出る携帯電話のテレビCMのおかげらしいです。ほう、こんなところに経済効果が波及していたとはね。

この店「陶器の戸田」は、創業明治16（1883）年の老舗の陶器屋ですが、洋服から雑貨までいろいろ販売してるの。「こんなのがあったら」とのお客さまのリクエストに応えていたら、商品数が増えたんだって。昭和のころから棚卸しはしていないそうで、店内は雑然としていますが、居心地がいいのよ。

お客さまも、昔のお嬢さんがほとんど。彼女たちは、節句人形を飾る場所に悩みながら、買っていくそうよ。「昔からずっと、テレビの上に節句人形を飾っていたけど、このごろのテレビは薄くなったから置けないのよ。困るわ」だって。グハハ！　そんなぼやきを聞いてくれる店も少なくなったたね。

陶器の戸田には
いろんな物がある。
5代目の戸田圭輔さん

天神で足湯

日常生活の中で、ちょっとだけいつもと違うことをすると脳に刺激が与えられますよ。こんなワクワクが老化防止になるんじゃないかな、と思います。

さて、いつも買い物に行っている福岡市の中心・天神。ちょっと寄り道して警固神社に参拝してみました。

西鉄福岡（天神）駅のすぐそば、警固公園に隣接している神社です。その境内で、「足湯」という表示を見つけたの。「こんな所に？」と、その小屋をのぞき込んだら、ほんとに足湯がありました。

こぢんまりとして、天神とは思えない静けさ。漬かりたいけど、タオルを持ってないわ、なんて、心配ご無用。タオルも100円で販売しています。お湯も熱くて気持ちいい。買い物に疲れたら、カフェに行くより、足湯がくつろげるわね。

カップルや、のんびり読書をするおじさん、週末には子どもたちも多いそうです。近くにいる子どもに聞いたら「よく来ますよ」だって。知ってる人は知ってるのね。でもねー、あまり混雑してほしくないので、こっそりお伝えします。

料金は、お気持ちを箱にお納めください、とあるので、おさい銭程度でいいかしらね。やっぱり寄り道すると新発見があります。

観光客などいろんな人が来ています

アビー女やってます

地元のサッカーチーム、アビスパ福岡にすっかりはまっていますよ。本拠地のレベルファイブスタジアム（福岡市博多区）に初めて行ったのがほんの数年前。応援に行くときはアビスパカラーのネービーブルーを身に着ける、といったサッカー観戦のしきたりを知りました。

そこでネーム入りで、レプリカユニホームを注文しちゃいました。そしてタオルマフラーを巻き、青い眼鏡を掛けてスタジアムに通ってます。祭りの衣装を着る気分に似ていて、それだけでわくわくするわ。

行くときはおひとりさまですが、顔見知りも増えて、サッカー談議に花を咲かせています。シュートが決まれば立ち上がり、そこらじゅうの人とハイタッチして喜ぶのよ。何という一体感でしょう、ああ楽しいっ。

さらに、試合が週に1度という点もいいわね。おかげで週末が待ち遠しいの。試合時間も決まっているので、その後の予定も立てやすい。などなど、いいところがいっぱい。

ホームのレベルファイブスタジアムに限らず、福岡以外のアウェーのスタジアムにも、応援に行きたいな。旅行の口実にもなりますよね〜。老後の趣味がまた増えたわ。

サポーターは
「12番目の選手」ということで
12番のユニホームを
選びました

福岡空港に行けば

旅じゃなくても空港に行ってみませんか。トコはサッカーＪリーグ、アビスパ福岡の応援でレベルファイブスタジアム（福岡市博多区）に向かうため、福岡空港からスタジアム行きのシャトルバスに乗るのよ。そのとき、せっかくなので空港に寄ります。

現在、ターミナルビルは工事中ですが、空港はいつも活気があります。こんなにたくさんの人が福岡空港を行き来しているのだと知ると、自分も引っ込んでいる場合じゃない、とエネルギーが湧いてきますよ。

旅行者でなくても気軽に利用できるレストランがあるのよ。お気に入りは国内線ターミナルビル２階の「ザ　フードタイムズ」。ここは福岡のローカルフードや、九州の有名店が手掛けたメニューが並んでいるの。因幡うどんに、井手ちゃんぽんのカツ丼、三日月屋のクロワッサンサンドなどなど。さらに、風月のビーフバター焼きが、ここではトッピングを追加して楽しめるの。

店は広くセルフサービスなので、おひとりさまでも平気。旅行者の中にいるだけで旅した気分も味わえます。さらに、お土産物店には懐かしい銘菓や新しいお菓子があったりして、故郷を再発見できて楽しいよ。

レトロな喫茶店

「レトロな年齢」になったせいもあるのだろうか、レトロな喫茶店に行くのが楽しい。

ドアを開けた瞬間に感じる染みついたコーヒーの香り、そして薄暗い店内にホッとする。ガラス張りのカフェもいいが、どうも明る過ぎて落ち着かないのよ。

地下鉄呉服町駅近くの喫茶店「カフェ・ブラジレイロ」（福岡市博多区）は、昭和9（1934）年に開業した老舗です。初めは中洲にあり、昭和21年、現在地に移転したそうです。

自家焙煎《ばいせん》コーヒーだけでなく、オムレツライスやハンブルグステーキも人気です。これ、オムライスとハンバーグのことなんだけど、呼び方だけで歴史を感じるわね。

トコは、フルーツサンドに夢中です。見た目もかわいいですが、甘さ抑えめの生クリームがおいしいの。フルーツは、バナナやキウイに季節の果物。この日は、旬のプラムでしたよ。「わぁ、今、プラムの季節なのね」と味わったわ。

窓辺のテーブルに、ぼんやり座っていましたら、後ろのテーブルから元気そうな声が聞こえます。「来週も、検査に行くのよ」「薬がまた増えちゃって」。病院帰りの高齢者のようです。自分の足で病院に行って、帰りにブラジレイロでランチなんて、健康の証しですよね。

カフェ・ブラジレイロの
フルーツサンド、
おいしかったです

栗ご飯を作りました

知り合いと、秋の味覚の話をしていた。ナシ、柿、ブドウ、栗にマツタケ、サンマなど、おいしいものがたくさんですね。

その昔、秋の運動会のお弁当は、緑のミカンや、ゆで栗が定番でした。「緑のミカンはとても酸っぱかったねぇ」「ゆで栗は半分に切り、スプーンで食べたよ」。共通の話題で盛り上がる。昭和のあの頃は、皆同じような生活をしていたのかな。

子どもの頃、栗をむくお手伝いをたまにしていた。鬼皮に渋皮、どちらも硬くて、手をけがしないように、と注意されながらナイフを握っていました。そういえば、この15年、ひとり暮らしになってから、やってないなぁ。

よし、今夜は、栗ご飯を炊こう、と思い立ちました。鬼皮をむいた栗が売っていました。渋皮だけなら、楽かもね。

取り掛かりましたが、硬くてむきづらい。面倒なので、厚めに皮をむくと、実がどんどん小さくなります。一心不乱に渋皮をむき、1時間かかりました。こんなに頑張って作ったのに、1人で食べるのはあまりにむなしかったので、ツイッターに写真をのせました。おいしそう、とコメントが届いてうれしかったわ。

こういうふうにSNS（会員制交流サイト）を使うと、達成感が増しますね。

厚めにむいたら
栗が小さくなりました

懐かしのハンバーガー

毎日の生活や仕事って、同じことの繰り返し。変化がなくてつまらない。何か新しいことを、と声をかけて始めた山ガール。アタック先は福岡市中央区の西公園だ。えっ、登山が西公園？なんて言わないでぇ。小さな山からコツコツと。登頂後、展望台でワゴン車のハンバーガーを食べる予定だ。熱々の焼き立てをほおばりながら、高校の時デートで来てた、などみんなが話す。トコも、息子が幼い時に花見で来て食べたなぁ。味も変わらないわ。「この店、もう何年になると？」「そうね40年以上になるかね」。おじちゃんは、背中を丸めハンバーグを焼きながらさらりと答えた。ハッとした。仕事って、変わりなく続けられることが、最も尊く幸せなことなのではないだろうか。感動をごまかそうと話を続けた。「ハンバーグも手づくりよね」「そうそう大きさもいろいろで、今日は小さいね、ふぉふぉふぉ」。感動してちょっと損した。

04

健康はプライスレス

アレもコレも更年期

肩コリ、目のかすみ、発汗、生理不順、手足の冷え、やる気がでない、肌がかさかさ、動悸がする、などの症状に一年以上悩まされていた。

整形外科、眼科、皮膚科、内科では異常無し、と言われ、たどり着いたのが婦人科の更年期外来。野崎ウイメンズクリニック（福岡市・天神）の野崎先生から「これら全ては、更年期の症状ですね」と涼しげな顔で言われたわ。なんですってぇ!!

女性は閉経時に女性ホルモンがドーンと減るので、さまざまな不快な症状がでるらしいの。そこで先生の指導のもと、ホルモン補充療法を始めましたよ。トコが処方されたのは、塗り薬と飲み薬です。

パジャマを絞るほどの寝汗をかいていたのですが、いつの間にかとまり、お肌も気のせいかふっくらなりました。さらに、治療をしているからか、これで元気を取り戻せるっ、と気分が前向きになりました。欧米では当たり前に治療が行われているのに、なぜ日本では、ガマンして乗り越える、なんて古い考えがはびこっているのでしょう。快適に過ごせる方法あるよ、と、同世代の急に顔から汗をかく友人にすすめています。

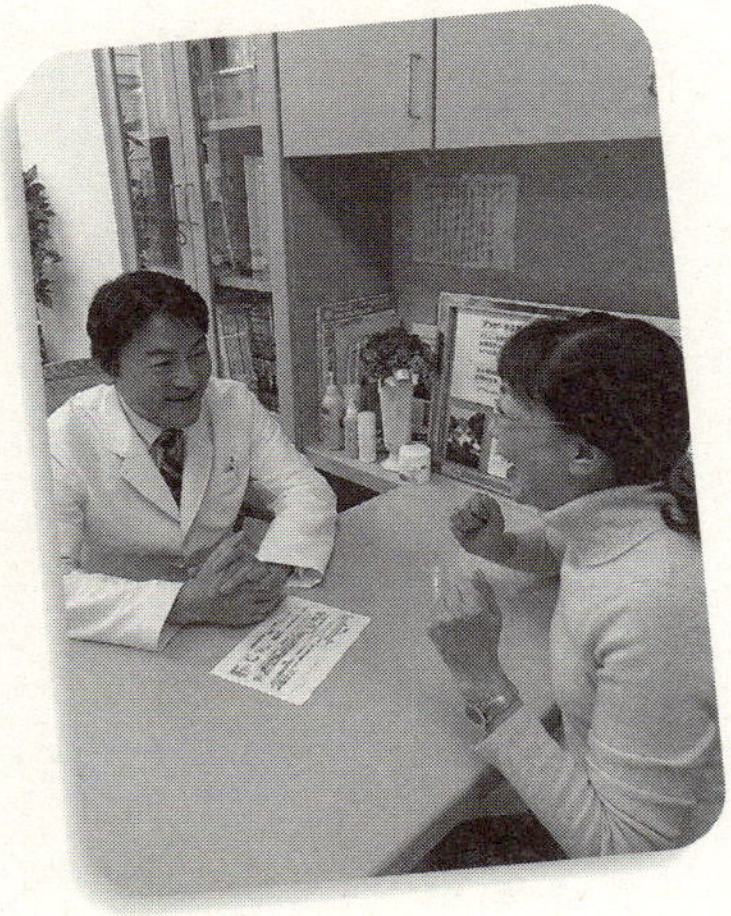

未明に目覚め

眠れないのよ。みなさんはどうですか。夜12時ごろに床に入って、あーよく寝たわ、とスッキリ目が覚めるのがたいてい3時半。うげっ、まだ夜中だわ。焦っても二度寝ができないので仕方なく起きる。

もちろん、朝刊も届いておらず。終夜流れているニュースを見たり、メールを書いたり。そのうちにミニバイクの音が聞こえる。来た来た、うちの新聞配達だ。

毎朝のそんな状況を話したら内科の先生が「それは健康に良くないですね。とにかく朝まではしっかり眠ったほうがいいですよ」と軽い入眠剤を処方してくれたの。

「眠れないから薬を飲むことになったの」

と、ちょっとは心配させようと息子に言ったら「いつも昼寝してるでしょ。だから夜眠れないんだよ」とせせら笑われ、キーッ、悔しいっ！　「たまには昼寝するけど、いつもじゃないもん」と反論した。

もう一人の息子にもつらそうな顔で伝えたら「別に寝なくてもいいんじゃない。そのうち永遠に眠れるんだからさぁ」と冷たく諭された。

いいもん、病院に行って優しい先生に話を聞いてもらうもん！　高齢者の医療費が高い理由の一つはこんなことかも。

いびき、独り言

ひとりで寝ているので気付かなかったが。帰省した息子から指摘された。「かあちゃん、いびきかいてたよ。うるさかった」「なにぃ、いびきの癖なんてなかったのに」。がくぜんとした。そういえば不審な音にビックリして夜中に起きることがある。あれは自分のいびきだったの？　起きたとき、喉がカラカラだが、それもそうか。

その後。気を付けていたら、美容院でシャンプーのとき、明らかに自分の鼻音で起きた。「お疲れですね」。美容師さんにいたわられたから、騒音を発していたのだろう。赤面である。いびきの原因の一つは加齢による筋力の低下なんだってよ。早速、表情筋を鍛えて予防する器具を購入したわ。

さらに、ご飯を作っていたら「誰か来てるの」と息子がキッチンをのぞく。「なんで？」「話してる声が聞こえたから」だって。そういえば野菜を切りながらひとりでしゃべっていたわ。

時々歩きながらもしゃべっている、ひとりなのに。頭で考えていることが制御不能でそのまま口に出るのよね。老化の一つに「テレビに相づちを打つ」があった。とんでもない。相づちどころか、テレビと会話しているさー。順調に人間として成熟しているぞ。

アラ還　早すぎた

テレビ番組で司会者が「昨夜は暑くて、私はおなかにタオルケットだけだったのよ」「ぼくはTシャツに短パンで、窓も少し開けて寝ました」と話していた。

聞いていたトコはビックリ。そのとき、冬と同じ布団に長袖のパジャマを着用していたの。さすがにちょっと汗ばむときもあるけど。

6月で半袖にタオルケットですか。世間は、そんなに夏に向かっているのか。うっかりしていたわい。と、布団だけ夏用に替えてみました。なんだか薄い布団が心もとないわ。そしたら夜中に、のどが痛くて目が覚めたのよ。ほらね、やっぱりね、夏布団じゃまだ寒いのよっ。

すぐに葛根湯を飲んで、押し入れから毛布を出してきて、上から重ね掛けした。ふぅ、ようやく暖まった。

うつらうつらして考えたが。司会者は2人とも30代、若者である。そんな若者の体感と、私らアラ還（アラウンド還暦、60歳前後）は違うのである。

「梅雨までこたつは出しておくわ。冷えるから」と古希の人が言っていた。すごいわかる気がする。それに、おひとりさまなら、一年中こたつがあっても誰にも眉をひそめられることはない。

それぞれの年代で、無理せず季節を迎えたいわね。

サングラスで買い物

太陽の光がまぶしすぎて、日中は目を開けていられないのよ。

暑さのせいかしら、と思っていたが。定期的に通っている眼科で尋ねたら「電灯や太陽の光がまぶしく感じられるのは老化現象です」といわれたわ。

加齢による白内障で、症状がもっと進んだら治療をしたほうがいいそうよ。でも、生活に支障がなければこのまま見守りましょう、とのこと。

そこでまぶしさを避けるために濃いめのサングラスを作りました。ド近眼なので、サングラスにも度を入れないと歩けません。

せっかくなので、オシャレなものを作りま

した。サングラスをかけたらメークもしなくていいから、こりゃあ楽チン。最近のお出かけはずっとサングラスです。

ちょうど、バーゲンセールの時期。ベージュのパンツを探していたら、ちょうどいい色がありました。サイズもピッタリで、しかも半額よ。買うしかないわねっ。

帰宅後、サングラスを外し、ウキウキして買い物袋を開けたら。なんとパンツはベージュじゃなくてラベンダー色だったの。サングラスのまま買い物したから本当の色が見えなかったのね。

バーゲンなので、返品もできず、ガッカリです。

度が入った濃いめのサングラスを作りました

寝具はケチらず

ベッドのマットがへたってきたので、上下左右を入れ替えなきゃ。1人で必死にマットを持ち上げていたら、バキーン！　ベッドの骨を踏み抜きました。ほんとに、けがしなくてよかったですわ。

そして、壊れたベッドを見て思い出しました。急にお姫さまのような白いベッドが欲しくなって、安いのを衝動買いしたのよね。なんせ、踏み抜く程度の作りですから。

仕方なく、和室に布団を敷いて寝てみたら、めっぽう腰の調子がよくなったの。今後は、ベッドをやめて布団で寝起きしようと決意。どうせならいい布団で寝たいものです。今度はしっかり考えて、選びましょう。

コマーシャルで見ていたスポーツ選手愛用のマットレスはどうかしら。デパートに見比べにいったら、かなりお高い。でも試しに寝てみたら、よさそう〜。

高額商品を買うときには、自分の判断力に自信がなくなっているので、息子たちに聞いてみます。

「いい敷布団を買おうかな。10万円以上するけどどう思う?」。2人から即返事がきました。「買うべし」「一日の半分を過ごす布団をケチってどうする」。背中を押してくれました。

洋服より寝具に心が動く年齢です。

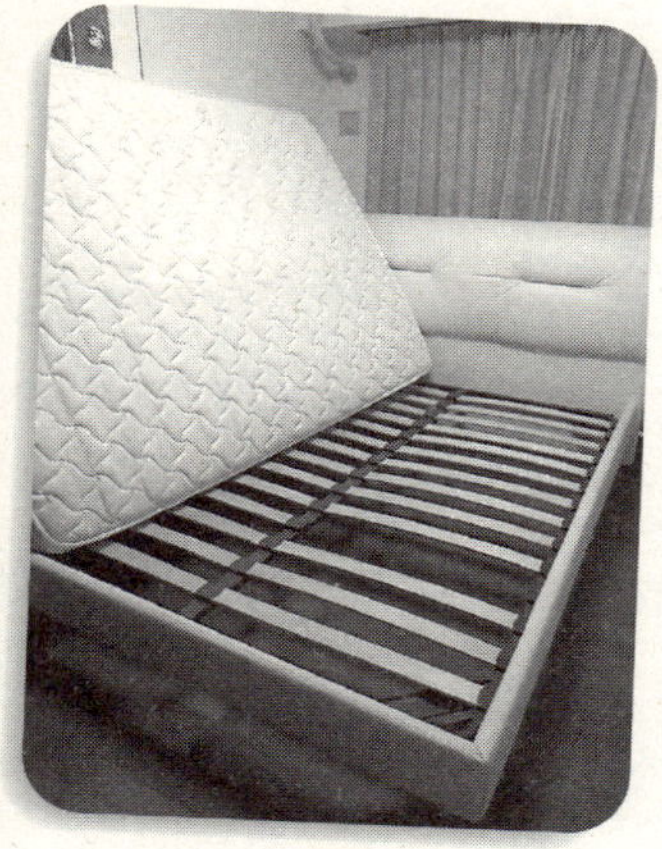

今年の目標一つクリア

年末が近いですね。今年の初めに考えた「今年の夢や、やりたいこと」を思い出して、あー あ、ほとんど手も付けてないわ、と、がっくりです。ならば、無理な目標は立てないほうがいいのかもしれませんね。

でも、一つできそうなことがあります。それは「首のポツポツをなんとかする」ことです。以前から悩んでいましたが、徐々に増えてきて、盛り上がってきました。

福岡市中央区の赤坂クリニックで相談したら、正式名称はアクロコルドン。原因は、老化だって。チェッ。

レーザー照射で数分で取れます。春や夏は紫外線が強く、傷痕がシミになりやすいから、秋か冬にしましょうね、ともアドバイスされていました。そうだ。ちょうどタートルネックを着る季節になったので隠せます。

費用は病院で違いますが、1個千円くらいで、10個以上とりましたよ。スッキリしました。よっしゃ、自力ではありませんが、ぴしゃっと目標一つやりとげたわ。

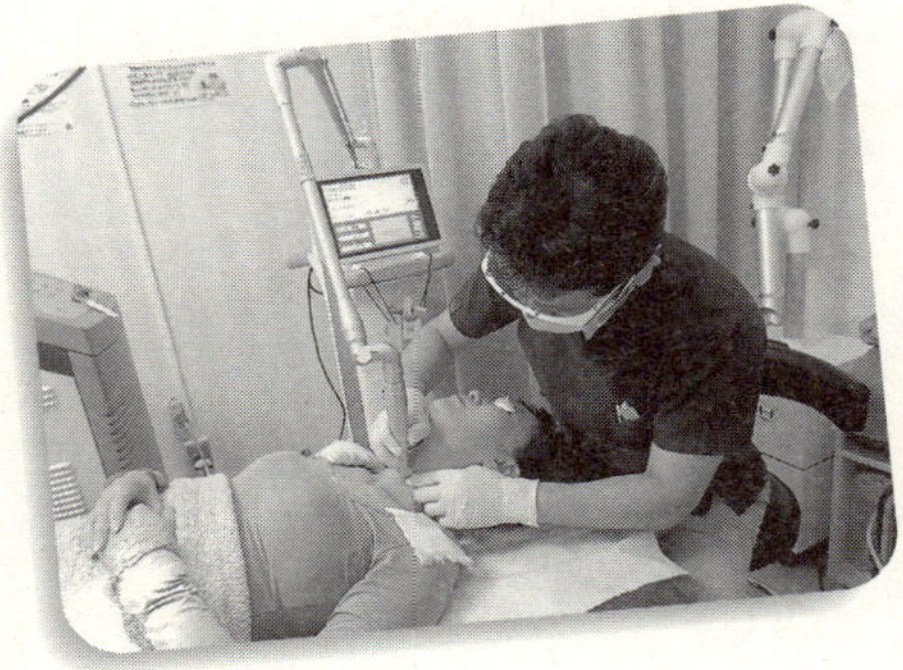

「断食」でリフレッシュ

疲れがとれない上、年々太っている。なんとかリセットしたいと考えていたら、知人から、福岡県篠栗町におしゃれな断食施設「ファスティング旅館・若杉屋」ができたと聞いた。元お遍路宿ですって。2泊3日ですっきりした、とのこと。ふんがっ、健康と美容のために行くしかないわっ。

おひとりさまで申し込みました。断食といっても、全く食べないわけではありません。「ファスティング」といって、ビタミンやミネラルがたっぷり含まれた酵素ドリンクを、食事代わりに飲むのです。固形物を取らないことで、内臓を休めて代謝を上げるのよ。

さらに滞在中は、さまざまなプログラムが

ありました。ハンモックセラピーや写経、座禅、山歩きなど、もりだくさん。わぁ楽しそう。

ただし、体調管理のため、宿泊前に3日間の準備があります。アルコール禁止、甘いものを控える、腹八分。これらで事前に体重が400グラム減りましたよ。いかにいつも飲んで食べていたのかと反省です。

さて断食は、初日の夕方まで空腹を感じましたが、不思議なことに、2日目、3日目は平気で過ごせて2キロ減りました。生活習慣が改善できたかも。すがすがしいわっ。

ハンモックでゆったりするセラピーもあります

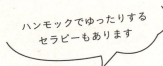

歯科に通う

続けてよかったのは、歯のお手入れです。年に3回ほど、たなべ保存歯科（福岡市東区水谷）で歯石を取ります。もう15年通い、その間、一本も抜いていません。

歯の健康は全身の健康に影響を与えるそうで、「8020運動（80歳で20本以上自分の歯があること）という呼び掛けもあり、この分だとその目標がクリアできそうです。

しかし、念入りに歯を磨いているつもりでも磨き残しがあり、毎回、歯磨き指導を受けています。

さらにドキドキするのは、歯茎チェックよ。歯周病にならないように歯茎の引き締まり具合を調べるの。飲み会が続いて歯磨きせずに寝た日が連続したときは、劇的に数値が悪化し、歯茎の復活に約1年かかりました。

歯ブラシに加え、歯間の掃除も大切。数種類の歯間ブラシを使い分けています。先週も歯と歯茎チェックをしてもらい、「頑張っていますね、この調子で」と合格点をもらいました。

うきうきして帰る途中、「あっ診療費を払ってない」と思い出して電話したら、「いいえ、お金は頂いていますよ」と受付の方に言われました。口の中の健康はキープしていますが、記憶力が劣化してるわい。

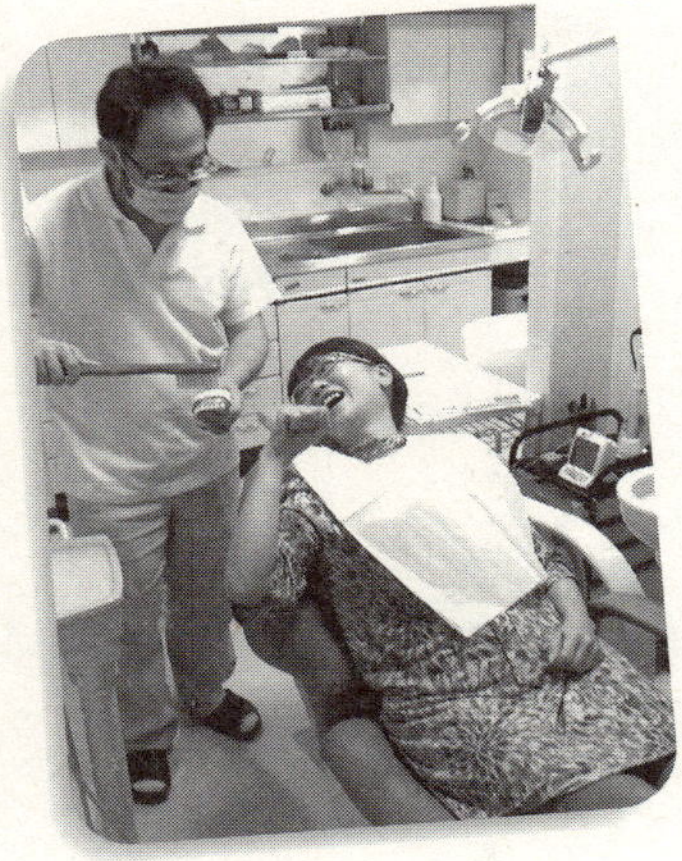

手ぶらでジム

何か運動をしなければ、と強迫観念がある。いろんなジムに入会しましたが、トレーニングウエアに着替えたり、汗をかいたらシャワーを浴びたりするのが面倒で、続きませんでした。ところが、汗をかかない、着替えもなしで軽い運動をするジムに出合ったのよ。動きやすい服を着ていたら、手ぶらで立ち寄れます。これなら通えそう。

「モビトレジム天神」（福岡市・天神）は、関節の可動域を広げることと筋力アップが目的。ロコモティブシンドローム（運動器症候群）の予防にもなるわね。さらにここには、理学療法士と医師がいるので、高齢の方や、術後のリハビリで通う方も多い。90歳で歩けるようになった方にも会ったわ。お昼休みに来た紳士は、ゴルフのスコアアップが目当てだって。

トコも軽い運動を続けていたら、五十肩が改善され、肩凝りがなくなりました。「背中の丸みも取れたよね」と言ったら、「まだまだですよ」と理学療法士に励まされました。

1人でこっそり通っていたら知人とばったり。「ここに来るとすてきな若い男性が優しくしてくれるので、やる気になりますね」とうきうきしていました。「僕たち若くないですよ」と苦笑されましたが、私らにいわせたら若ぃわよぉ。

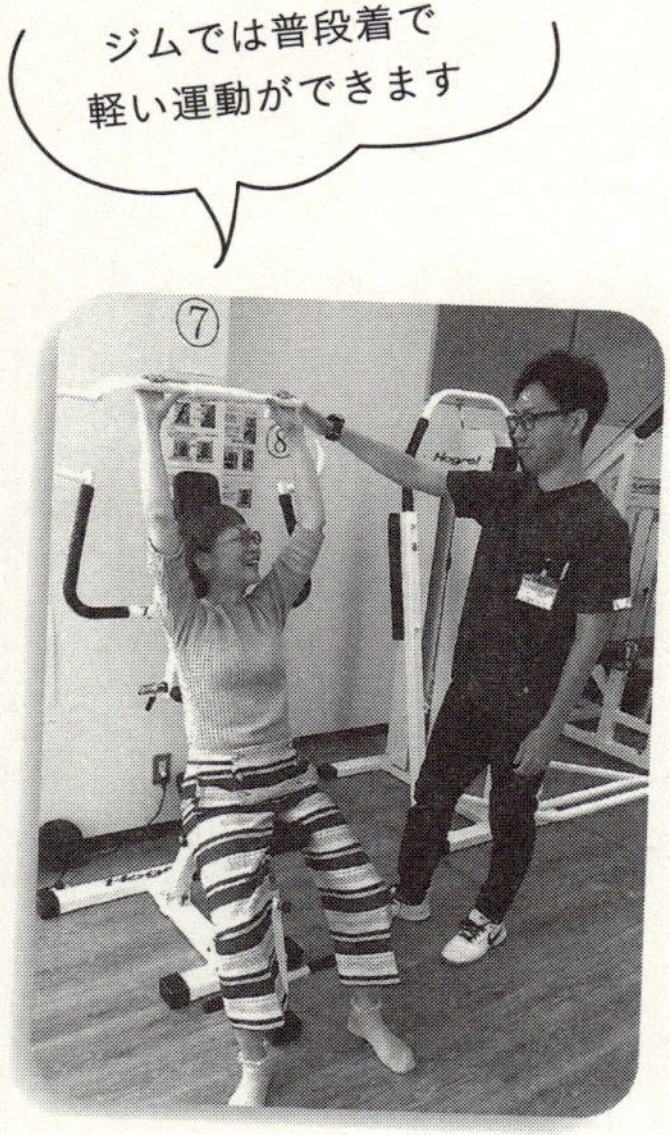

自撮りの練習しておけば…

趣味の風水で、今度はシンガポールへ。ここは治安がよく清潔な国なので、おひとりさまでも安心ですよ。さてシンガポールの名所といえばマーライオン。昔からコペンハーゲンの人魚姫と、ベルギーの小便小僧とともに世界三大ガッカリ名所の一つといわれています。しかし数十年ぶりに訪れてびっくりしたわ。CMで有名な、屋上にプールのある巨大ホテルなどが対岸にそびえて、いい景色。もうガッカリなんて言わせないぞ、とばかりに勢いよく水を吐き出すマーライオン。これは写真を撮らねば！周りを見渡しましたが、それぞれ自分たちの写真を撮るのに夢中で、声をかける余地はありません。ああ、しまった、自撮りの練習をしておけばよかった。パシャパシャ。なかなかうまく枠に入りません。でも、なぜ必死に写真を撮るのでしょう。確かにそこに私がいた、という証拠を残したいからかしら。

05

脱力家族

親ばかですけど、何か？

東京に行ってきた。次男が主宰する劇団「ゴジゲン」の公演だったの。だんだん大きな劇場になってうれしい限りだ。ファン第1号のトコは毎回駆けつけ、ことあるごとにこうやって宣伝をしている。

親ばかですけど、それが何か？

だが、この愛は無償ではない。下心があるのさ。だっていつか逆七光で「徹子の部屋」とか「情熱大陸」とかテレビの番組に出たいんだもん。差し入れは常に博多銘菓「通りもん」。これもエピソード作りだよ。徹子さんとスタジオで一緒に食べる予定だ、ワハハ。CMだってオファーが来るかもね。

子どもが好きなことを見つけて夢中になっ

た。それを、是か非か、すばらしいことかくだらないことか、を親が判断する必要はない。だって未知数なんだよ、可能性だらけじゃん。

親が知らない職種だってたくさんあるんだ。なのに親は、自分のちっぽけな経験を通して、やめなさい、勉強して就職しろ、と言う。消化不良のままでいいの？

本気ならトコトンさせてみて。恥も外聞も捨ててぶつかれば、世の中はきっと評価してくれるはずだ。疲れたら、帰ってくればいい。

母の愛も限界

連休はいかがでしたか。トコには予期せぬ出来事が起こりました。

ひとりでのんびり読書や衣替えをしようと考えていたら。ゴールデンウイーク初日に東京の息子から電話が来た。「明日から里帰りします」。

ゲッ。内心は思ったが口には出せない、だって親ですもの。

「キャア、うれしい、楽しみ～」と応えたさ。

家族とは演じることである。親は親らしく、子は子らしく、だ。じゃないと家庭は簡単に崩壊するのを離婚のときに知ったからね。

そこで母親らしさをアピールするため、煮物やみそ汁を作ったよ。そしたらさぁ、みそ汁を3杯お代わりして「うめー！　むちゃくちゃうまいわ」と叫んでくれた。

うれしかったが「九州のみそだからじゃない」とあえてクールに応えた。数日だったが、食費はかかるわ洗濯は毎日だわで大忙し。さらに帰京した後、自宅でトイレに入ったら、トイレマットがジュクジュクです。あのやろー、小水を振りまきやがって知らんぷりして立ち去ったな。

母の愛もぼちぼち限界!!

1人に戻ってホッとしてます。

長男の血液型

ちょいちょい、血液型の話題になりますよね。トコはB型。マイペース、言い方を変えたら自分勝手と分析される。「そうそう」とうなずくことが多い。

長男はO型。おおらかでリーダー気質と言われる通りなのよ。周りの人を当てはめても、血液型の性格診断は、当たっていると思っていた。

が、ある日、長男から電話が来た。「俺の血液型だけど、違っていたんだよ」「ええっ?」「B型だってさ」。トコも驚いたが、本人がそれ以上に落ち込んでいて。

「自分のことをO型だと思って過ごしてきたこの30年間は、何だったんだろう。子どものときはO型だったんでしょ」。追及されたが…。そういえば、息子の血液型検査なんて見た記憶がないな。何となくおおらかだったからO型と思い込んでいたのかも。

彼は病院で血液型を告げられ、さまざまに気をもみ、まずは弟に相談したらしい。「俺、B型やったっちゃけど、おまえは?」「僕もB型だよ」「じゃあ良かった」という会話が交わされたそうだ。

晴天の霹靂《へきれき》ではあるが、彼はこれからB型人間として新しい人生を歩くことになるのね。いいかげんな親ですみませんでした。

子どものころの長男（中）。
この時点ではO型だと
思っていたのですが…

猫に小判、息子に…

久しぶりに句会です。昼までに5句作らねばなりません。ひとり暮らしですが、ちょうど飾っていた五月人形のかぶとに目が行きました。そこで一句。「家を出し息子を想ひ兜《かぶと》出す」

ふふ、優しい母親みたいだけど、出した主目的は、虫干しのためよ。実はこのかぶと、一刀彫りかなぁ、相当いいものらしいの。

しかし、義母から譲り受けたときに、由来や価値を聞いていないの。美術品の目利きだった義母はとうに亡くなり、話ができず本当に残念です。トンと造詣がないトコですが、素人が見ても繊細な作品なので、大切に伝えようと思っています。

下品な話になりますが、高価な物など、譲る人に購入時の金額を伝えた方がいいかもね。

実は東京の息子宅に、茶わんや皿など、ある有名な陶芸家さんの器を一式送ったのですが。彼が他の部屋に引っ越したときに、見当たりません。尋ねたら「あ、あれ、地味だから捨てた」だって。「あんたっ、1枚いくらすると思っているのよっ」と怒っても遅いですよね。猫に小判、息子に高級陶磁器ですわ。器など、価値が分かって喜んでくれる人に差し上げるか、売り飛ばした方が、腹が立たないわね。

口げんかも花が咲く？

桜の花が咲くと心がザワザワします。急がないと散るものね。日曜に、ご無沙汰していた実家に花見に行きました。遅ればせながら、お彼岸のお参りもかねてです。

数年前に一軒家からマンションに引っ越した昭和ヒトケタ生まれの両親。老い支度は順調ですよ。マンションは庭の手入れもしなくていいし、床暖房で温かい、と満足しているようです。さらに近所に親戚も住んでおり、おかずを届けてくれたりするので、不肖の娘は安心ですわ。

花見弁当をつつきながら、リビングから桜を眺めます。「昔はよく佐藤公園に花見に行ったよね」と、トコ。「家族で花見のとき、こんろの火が風で消えそうになって」と父。「いいえ、わが家はいつも重箱だった」「そうそうこんろなんて記憶にないし」と、母と私で総攻撃。さらに母が「どうしてあなたはいつも間違ったことを言うのっ。私は困っているのよ」。「わかった、もう絶対にしゃべりませんっ」と父。

いつもの両親の口げんかが聞けてホッとしました。

毎日こんな調子です。2人だからけんかができる。これが元気の秘訣かも。おひとりさまは、テレビに突っ込んだりしましょうかね。

ベランダから
花見をする両親

「お盆玉」

はやりの「お盆玉」をしてみた。帰省した子に渡すお小遣いを、お年玉になぞらえてこういうらしいの。

お盆時期は交通費も高いし混雑している。さらに、せっかくの休みなのに、実家に顔を見せてくれてありがとう、という気持ちをこれで表すわけだ。

東京の次男も戻ってきた。帰る日はとっておきの肉を焼き、食べた。夕方空港に送っていくとき車の中で、お盆玉と書いたポチ袋を渡した。「何これ?」「いや、はやりだからさ」「あー、これコラムに書く気だね。でもサンキュ」と受け取った。

皆さんもそうだと思いますが、私たち世代

の人間は、親子間での感情表現が、苦手である。車を降りる後ろ姿に向かって「忙しいのに帰って来てくれてありがと」とトコは小さい声で言った。ふぅ、恥ずかしぃ。

数日後、「すてきな玉を兄弟で送りました」と彼らからメールがきた。玉って何？ 首をかしげていたら、高級ドライヤーが届いた。帰省のときに風呂に入り、うちのドライヤーが故障しているのを知ったからだわ。しかもお盆玉で渡した金額より高い品だぞ。これがうわさのお盆玉返しか。子どもたちの成長をはっきりと知らされた。

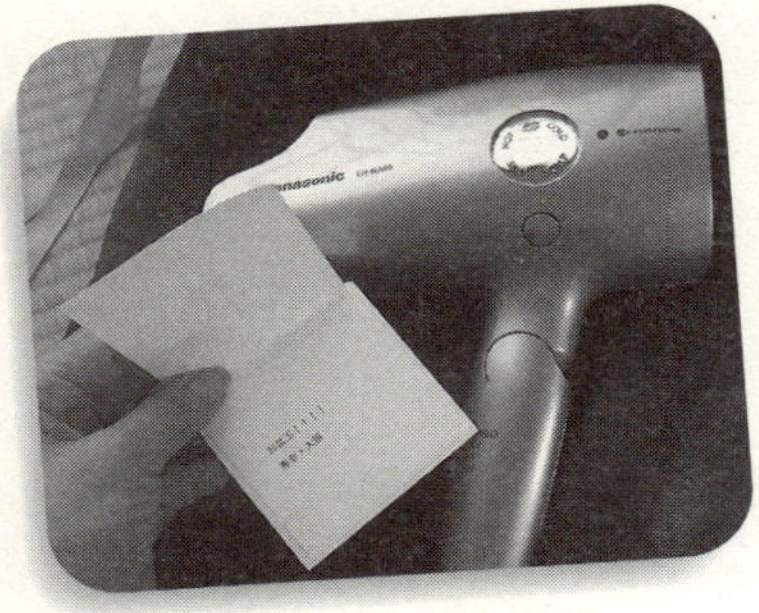

息子たちから届いた
「お盆玉返し」です

敬老の日とお彼岸

9月は連休が多い。しかし、テレビ出演などトコの仕事は祝日でも通常通り仕事なので、いつも通りに過ごそうと思っていました。

ところが敬老の日のこと。山の日や海の日などの祝日は何も感じないのですが、敬老の日は「何かしなくては」と気になります。

何しろトコの両親はかなり高齢。2人そろって元気なのをいいことに、そしてお盆も仕事を言い訳に、お墓参りもしなかったのよ。遠方ならともかく、新幹線で16分の北九州にいるのですから、なんて親不孝な娘だろうと反省し、当日、電話だけしました。

最近親を亡くした友人に、この顚末《てんまつ》を話したら「ご両親が健康なんて、あなたはそれだけですごく幸せなのよっ」と叱られました。
そうか、当たり前で気付かなかったけど、すごいことなんだな。

ちょうど秋のお彼岸にも入ったので、ご無沙汰していた実家の仏壇にお参りしがてら、罪ほろぼしに、なじみの小倉のレストランに連れていき、一緒に食事しました。シェフとも昔話が弾み、うれしそう。

息子にこの話をしたら「お彼岸って何？」と聞かれました。あっちゃー。これから先、自分が孝行してもらうためには、親孝行する姿を見せんといかんなぁ。

お彼岸だったので、
実家ではおはぎを食べました

かつお節求め鹿児島へ

　おひとりさまでも丁寧に暮らそうと、かつお節削りは続けています。産地に近い鹿児島で、かつお節を買い足そうと思いました。鹿児島市・天文館の、なや通りというアーケードに中原商店という老舗の鰹節店があります。店頭の平台に、むき出しでかつお節がごろんごろんと10本ほど置かれていました。ひぇー、ワイルド。お店の人が「脂がのっているなら腹です。味もコクがあります。削りやすいのならば、味はあっさりだけど、背の方がいいですよ」と教えてくれたわ。「保存は、冷蔵庫よね」と言ったら。「あら、だめだめ、常温です。冷蔵庫で保管すると、出したときに汗かいて、逆に湿気でいたみます」「ほえー、知らんかったー」「でも、もしカビても、ごしごし洗って乾かしたら、大丈夫」。専門家に聞いてよかったわ。勝手に思い込んで間違っていること、ほかにもたくさんありそうですね。

06

もしものための
ユル準備

あこがれのピンコロ

東京で働く息子たちが帰省してきて、炊事・洗濯にてんてこ舞い。フゥ〜。家事に振り回されるのは盆と正月だけで十分だわ。

そこで彼らに宣言した。

「老後はおひとりさまで元気に楽しく暮らすのが目標よ。たまに顔見せてくれたら、それで満足だから」。2人の顔がホッとして見えたのは気のせいかしら。ついでに考えていたことも、この機会に伝えようかと思った。

「そして私は自宅でポックリが目標よ。つまり入院もせず介護もつけず最後まで自立した生活をしてパタンと逝くの。あこがれのピンピンコロリ」

ちょっと大きな声で続けた。

「その時は『かーちゃん、希望をかなえてよかったね』と安心してね」

そう聞いて2人はうなずいた。

しかし、立つトコ跡を濁さず、である。

残された者が、慌てないでいい準備もしておかなきゃならないぞ。

母の風水旅に
付き合わされる息子たち

生活のぜい肉

残された者が困らないよう「もしもの時に役立つノート」（市販品）に記入しようと、緊張してたら…。

まずは名前と生年月日、あとは銀行口座やクレジットカードなど気楽に書けるところから書いてください、書き直しができるよう鉛筆でどうぞ、だってさ〜。気が抜けたわぁ。勘違いしていた。遺書じゃなく、おぼえ書きなのよ。

ではでは、とクレジットカードを出してみたら、数の多さに目が点。しかもあちこちの口座から引き落とされるから、カード利用の総額が訳分かんなくなっていたわ。

いかんいかん。この機会に整理しよう。自

分の今の状態を、客観視するためにも必要かも。もちろん普通のノートでいいですよ。大事なことを1冊にまとめた「自分ノート」を作ると、生活のぜい肉がなくなりそうよ。

さらに住所の履歴も書いておくべし。カードの退会とかには入会時の住所が必要よ。トコは25年間に8回引っ越したわ。ががーん、昔の住所なんてほとんど覚えてなぁい！　どうしましょ？

カードの情報などを
書き込んだわ

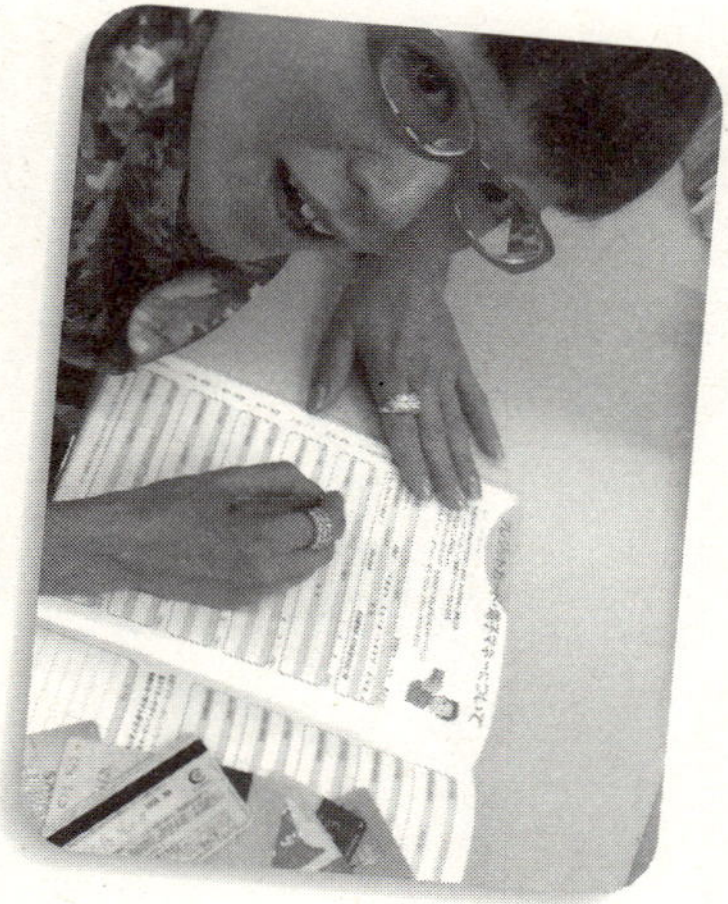

昔の住所

自分ノート、書き込み中です。昔の住所は思い出したが、居住期間も書く欄があり、うろ覚えで困った。

ところがちょうど車屋さんから、自家用車の車庫証明に必要らしく「戸籍の附票をとってください」と言われたのさ。附票には住所の経歴が記載されているからだって。渡りに船とはこのこと。区役所に行った。

そしたらたまげたことに。「福岡市の戸籍は２００６年からデジタル化され、それ以前の住所は記載されていませんが」と告げられる。ダメダメ〜、必要なのは昔の住所なんだから！

で、引っ越しが市内ばかりだったので、他

の区役所から手書き時代の記録を送ってもらえたが。役所に行ったら自分の過去が一度に分かる、なんて思わないほうがいいかもよ！

自分のことは自分で管理しなきゃね。

おかげですっかり時間がかかってしまったわん。でもイライラしないのよ〜。

その理由は、お気楽おひとりさまですから っ。急いで帰ってご飯の支度とかしなくていいもんね〜。総菜がちょうど値引きの時間でラッキー。刺し身と煮物を買ったわ。

ひとりの食卓だがこだわりは、パックのおかずでも必ずお皿に盛りつけること。と、缶ビールもグラスに注ぐってことね。

保険解約「つもり」貯金

通帳に何となく継続で引き落とされている額があった。月5千円程度が2口で計約1万円。おっと、これ何だったたっけと考えたら、生命保険の掛け金だったわ。

詳細は覚えていないし、しかも、5年前に始めたけど、掛け捨てなのでこれまでに約60万円も払ってきたのかぁ。

死亡保険金は、亡くなったら困る家族がいる方には必要だろうが。息子も既に社会人になったトコにとっては、なくていいじゃん。よっしゃ、解約じゃぁ！　将来の保険金より、今の毎月1万円さ。

もし病気になっても、国民健康保険だと高額療養費制度というのがあり、ひと月あたり

8万円くらい払って、それ以上かかった医療費は返金される。こんなシステムがあるので、入院時に個室にしなければ、そんなに心配しなくていいんじゃないの。

保険をかけた「つもり」貯金をしたら年間12万円。それで「おかげで今年も元気でした旅行」でもするとしましょうか。自分の人生、死後に小金を残すより、元気で使えるうちに自分で使っちゃおうっと。

物を捨てて老い支度

引っ越しのたびに思い切って処分し、今後は物を増やさないようにと決意するが。気が付けばまた増えている。2年間着なかった洋服は「えいやっ」とリサイクルに持っていったりしているけどね。

「私も頑張って物を捨てているんですよ」と白髪の女性から言われた。「そうですか、スッキリしますよね」と答えたら。「そうね、でもトコさんと違うのは、私が物を捨てているのは老い支度のためなんですよ」

ドキッとした。トコは現在の生活をシンプルに快適に暮らすために捨てていたが。彼女は残された人たちが困らないように、を考えていたのね。

そういえば祖母が90歳で亡くなった後、ひとり暮らしの家がとてもガランとしていたのを思い出した。きちんと老い支度をしていたのだろう、さすが明治生まれの丙午《ひのえうま》である。

自分が死んだ場合、持ち物は遺品となり、遺族となった家族が整理しなきゃならない。家族が遠くにいた場合や疎遠だった場合など、遺品整理は負担になるだろうなぁ。

しかし人それぞれ。始末をする老い支度もよし、最後に迷惑かけちゃる、とそのまま暮らす人がいてもいいよね。

命に感謝

相続トラブルの記事が目につく。解決法はどれも、遺言状を書いておくことだ。

確かに、預貯金などは亡くなったら凍結され、法定相続人すべての印鑑証明が必要なんて知らなかったわ。しかも法定相続人は自分が考えていた範囲と違っていてビックリ。遺言状と聞いただけで悲しくなる人もいるかもしれないが…。

遺言状は遺書とは違う。遺書は自殺をする人などが書く消極的な文書で法的効力のないもの。遺言状は残された家族のトラブルを防ぐ愛のメッセージなのだねー。

「書いていた方がいいとは知っていても、病に倒れてからは言いだせなかった」と夫を亡くした友人の発言もあった。とにかくみなさん今すぐ書きましょう！

そう旗を振るには、自分が書いてなきゃぁ説得力に欠ける。そこで「日本一楽しい！遺言書教室」（すばる舎、1600円＋税）という本を片手に取り組むことにした。まずは簡単な下書きだ。とりあえず財産と借金を記す。さらに大切な家族や人の名前を書き、その人との思い出や伝えたいメッセージをつづる。

うわーん、みんなもやってみて。下書きだけで涙があふれるよぉ。これから生きていく自分の命に、深く感謝できた。

妄想してみよう

おひとりさまライフ、やはり気になるのが自分自身の今後のこと。病気や介護もありますが、避けて通れないのが葬儀だわよ。知っておきましょう、と斎場に伺いました。

お墓に埋葬するのは自由とのことで、最近はお墓を持たず、手元供養に使うかわいいミニ骨つぼもありましたよ。へぇ、お墓ってなくてもいいんだ。知らないことが多いわね。

さて、葬儀のこつは、自分の葬儀を想像することですって。誰が来ているのか、花は、音楽は、着ているものは白装束か自分の好きな服か、と妄想すると見えてくるそうよ。

「大切なのは、その想いを残される人が分

かるようにもしもノートなどに書き残しておくことです。交友関係もわからないことが多いので、○○さんに知らせてくれ××には知らせるな、など」「確かに嫌いな人には来て欲しくないわねっ」「あとお写真も準備しておいた方がいいですよ」「とっておきの一枚ね、了解」

見積もりを頼むと、決める項目が多いのに驚きました。ちょっといいやつで、と答えていたら、合計額が予想以上に高くなります。そこで「普通でいいです」と意思をはっきり伝える勇気が必要ですね。

とっておきの1枚を

「生活の窓口」のセミナーで、介護、相続、終活、実家の空家問題、もしもの時のノート作りなどをしましたが、その中で気づいたのです。皆さんは、ご自身のとっておきの写真を持っていますか。素人のスナップ写真ではなく、写真館のスタジオでちゃんと撮った写真よ。家族の記念撮影はあっても、1人でポーズを決めた写真を持っている人は少ないのでは。

そこで「生活の窓口」に相談したら、福岡市内の老舗写真館の協力で「後世に残すあなたの笑顔」の撮影をメニューに入れてもらいました。おひとりさまで気軽にどうぞ。

トコも撮りました。普段のポーズと全く違

うのよ。手の組み方、首のかしげ方など、チェックされます。あちこちから当たる照明、雰囲気のあるスタジオで、テンションも上がりました。プロの技術のおかげで、われながらきれい。

豪華な写真立てに入れて日々眺めると、何だか元気をもらえます。子どもや孫に送るのもいいかも。この本の近影はこの時の笑顔よ。あ、もしもの時にも使えます。

写真館で1人だけの写真を
撮ってもらいました

思い出の観光地へ再び

初めての旅では有名な観光地に必ず行きます。「これかぁ」「へぇ、意外と小さいね」とか感想はさまざまですが。実物を見て、記念写真を撮って安心する。そしてその観光地には二度と寄りません。しかし、時は流れる。沖縄で40数年ぶりに首里城に行ってみたら。整備された首里城公園や、色鮮やかな宮殿に眼をみはりましたし、世界遺産なのでありがたさも増してたわ。そうか、久しぶりの観光地は、変化しているし、見る自分も変化していて面白いなぁ。日曜日、東京タワー近くのホテルに宿泊していたら、窓からライトアップされた東京タワーが見えます。調べると営業は22時まで。「おお、東京タワーに行こう」と出かけました。おひとりさまなので思いついたら即行動。新施設もあり楽しかったわぁ。人生折り返しを過ぎ、昔行った観光地を再訪して、思い出をかみしめるのも、楽しい旅の目的になりそうです。

07

もやもやスッキリ

厳しかった母校

いくつになっても母校の高校へ行くと足がすくむわ。青春って誰でも思い出すと恥ずかしいよね。できるだけ避けたいのに、やけに最近、高校の同窓会が活発になってきた。

人生も後半、子どもは独立、そんな年齢だからか。しかも、母校である福岡県立小倉高校は２００８年に創立１００周年を迎え、それ以降、記念行事が続いているのよ。

「おっ、トンコか、山中です」。恩師から電話が来た（トンコはトコのあだ名）。同窓会主催の講演会の講師に、との話だ。断われるはずはない。「喜んでっ」と即答だ。

当日は「体育の柳先生が厳しくて」などと思い出話に終始。話しながら気づいたのは、厳しさへの感謝である。

名物の応援練習では、運動場に新入生全員集合。応援団員に「諸君！」と問われれば「なんだー」とこぶしを突き上げて応える。声が小さければ何度もやり直し、というスパルタ訓練があった。今でも続いているらしいよ、21世紀なのに。

でも、こんな伝統行事を共に体験しているから、大先輩でも後輩でも話が弾む。厳しかったからこそ卒業後、自由のありがたさが分かったしね。今でも緊張する場が一つくらいあっていいのか。

いくつになっても
母校の小倉高校に行くと
足がすくむ

苦言をくれた友

街角で友人に会ったら「あれ、胸の位置が下がりました？」と開口一番に言われた。ひゃあ、いきなり厳しいお言葉。それもそのはず。彼女は下着専門店「シンシア」（福岡市中央区高砂）のオーナー。

トコは、ずっとそこのブラジャーを使っていたのだが、春から夏にかけては、暑いし汗かくし、とカップ付きキャミソールを愛用していた。

それを話すと「あれは楽ですから仕方ありません。でももう過ごしやすい時期になったので、きちんとした下着を着けてくださいね」と、悲しそうな目で注意された。そういえば、長らく新しい下着も買ってないなぁ。

心機一転するために彼女の店に行った。いつもの商品を買おうとしたら、「肉が脇などに流れてしまっているので、こちらはどうですか」と薦められたのが、「修行ブラジャー」と呼ばれる商品。背中や脇に広がったお肉を胸に集めることができ、「私は胸だったのねとお肉に覚えさせる」のでこの名前なんだとか。

「脇や背中の肉をしっかり寄せて！」と叱られながら試着しました。きちんと整えたら、背筋が伸びた気がするわ。久しぶりにおしゃれをする気になりましたよ。ありがとう。

　おひとりさまが持つべきものは、遠慮なく苦言を呈してくれる友人だわね。

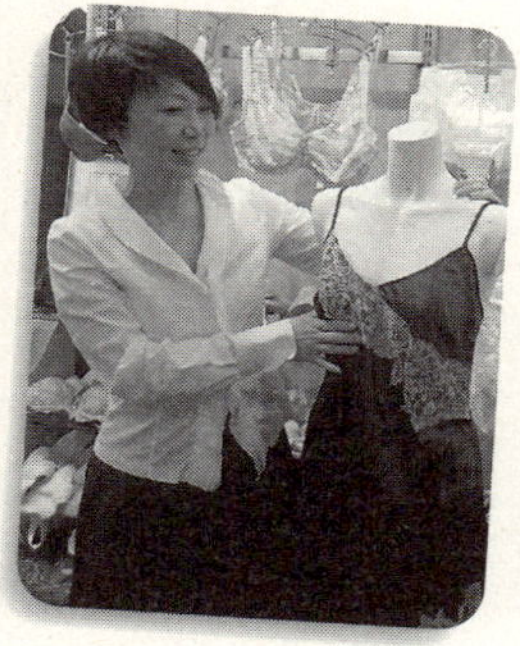

下着専門店オーナーの
佐野美子さん

まとめ買い

先日、インスタントラーメンが無性に食べたくなった。それもカップではなく袋麺。トコは「うまかっちゃん」と「サッポロ一番みそラーメン」がお気に入り。うまかっちゃんにはニンニクをきかせたキャベツ炒めをのせ、みそラーメンはとき卵を入れて煮るの。

みなさんも、即席麺の調理方法にはこだわりがあるでしょ。深夜、これをすすっていたら、若かりし受験勉強のときを思い出すわぁ。

で、スーパーに行ったが。最近は5袋が1パックになって売られている。特売だとかなり安い。

しかし、いくら日持ちがするといっても、買い置きがあったらつい夜中に食べるので危険である。

　しかし、バラ売りは1個約100円だった。「えっ、まとめ買いの方が断然安い！」と5袋入りに手を伸ばしたが。いかんいかん、冷静にならねば。私は今、1杯だけ食べたいのだ。

　必要なときに必要な分だけ買うのは、高くつく。だが、意志の弱い人間にとってはまとめ買いは食べ過ぎにつながる。

　さらに、1個ずつだと新鮮なうちに食べきれる。

　てなわけで、使う分だけ買うのが、おひとりさま生活の極意だわさ。

ベランダ菜園

ベランダ菜園に挑戦して3年。失敗続きだが、石の上にも3年。今年こそはと春ごろ、キュウリとトマトとオクラを植えた。

新顔はオクラだ。知人が「丈夫だし、かわいい花が咲いて次々収穫できますよ」と薦めてくれたのよ。

しかしどれもこれも、お盆過ぎてもつぼみすら付かない。同時に植えた緑のカーテン用の朝顔も、花が一つも咲かないのよ。小学生が植えたって、朝顔は花がたくさん咲くのになぁ。

酷暑のせいにしていたら、テレビの園芸番組で、土が古くなると花が咲かないと教えていた。あーあー、いまさら聞いても、もう遅いわ。そのうち水やりを忘れてキュウリとトマトが枯れた。朝顔もぐったりだ。

ところが先日、ついにオクラが1輪咲いたのよ。前出の知人に自慢して見せたら「あらっ、ちっちゃい」と逆に驚かれた。本当なら手のひらくらいの大きな花らしい。栄養不足の土だから仕方がないね。

唯一の収穫を楽しみにしていたら、ある朝、花が落ちていた。とことん不運である。野菜の苗代がすべて無駄。そこで悟った。トコには野菜づくりの才能はない。3年でダメなら次の石を探さねば。人生ってその積み重ね。

ついに咲いたオクラの花。友人には「ちっちゃい」と驚かれた

ほろ酔い句会

俳句の句会にもいろいろあります。先日参加したのは、飲んだり食べたりの方が目的かも、と思われる句会です。

事前に兼題と呼ばれる季語が出され、宿題で一句作っていきます。今回は山茶花《さざんか》でした。そして宴会中に、席題と呼ばれるお題が出され、即座に考えて提出しなければなりません。みな、焼酎片手にうなります。

映画評論家の矢野寛治さんや漫画家の長谷川法世さんが中心となる会で、入会にあたって、俳号を決めなさい、と矢野さんから言われました。「トコさんは色気がないから俳号くらい色っぽいのがいいね、床上手とかさ、ふっふっふ」。万事こんな調子です。

矢野さんは「光陰」です。光陰矢の如し、から取ったらしいです。「馬現」と名乗る方は、本名が「安」なのでバーゲンのもじり。「二之字」は、げた屋さんの息子だからだそうです。法世さんは理由をまだ聞いていませんが「陶瓜」。法世さんは、皆の句の披露中、ずっと「山茶花は難しかぁ」（ご自分が出された題なのに）と悔やんでいました。「また亡き母の句かぁ、親は殺しちゃいかん」とか、意見を言い続けて選句を惑わせます。

いい大人が夢中になれる俳句は頭の体操にもなって楽しいわ。

ほろ酔い気分の句会です

買い物籠に人生

スーパーでついつい、他人の買い物籠をのぞき込む癖がある。レジに並んでいるときなど。

白菜、白ネギ、焼き豆腐、糸こんにゃくに牛肉が入っていたら「ほう、豪勢だな。すき焼きですか」とうらやましく思ったり。単身赴任風のオジサンが、アジフライに唐揚げとビールだけだと「ビタミンは大丈夫？」と心配したり。ホント、大きなお世話ですね。

でも、買い物籠はその人の人生が透けて見えるの。さらに金曜夜のコンビニでは、もっと想像力が高まる。弁当、ヨーグルト、菓子パンとレディースコミックをお買い上げした女性を目撃した。「あらまー、寂しい人だね。

週末だってのに、今夜は、おひとりさまで漫画を読みながら弁当つつくんですね」と、哀れんだよ。

しかーし、ふと気づいた。トコが見てるってことは、他人からも見られているってことじゃないの？　自分の買い物籠を見た。人のこと、哀れんでいる場合じゃない。

弁当にカップ麺に歌舞伎揚げと発泡酒…。ゲゲボ、さっきのおひとりさまより、たがが外れているわ。慌てて弁当をもう一つ買い足し、見えを張って、２人で食べる風を装った。え、誰も気にしていない？

ひとり旅のお守りです

趣味でひとり旅をする。目的は開運よ。この間は酷暑の中、伊勢神宮（三重県）に参拝した。帽子をかぶっていたが、汗まみれ。こりゃあたまらん、と、カラフルな手ぬぐいスカーフを門前町で買った。日焼け防止で首に巻いた。木綿なので、汗も拭ける。薄いからすぐに乾くし、手ぬぐいは賢いなぁ。続いて中国・上海に行った。帰国日は台風直撃で福岡便が欠航。しかし翌日は仕事。とにかく日本に帰るために名古屋行きの航空券を買った。約10万円。痛い出費だ。その便は遅延で5時間待ち。開運どころか不幸である。空港は寒かった。バッグから伊勢の手ぬぐいスカーフが出てきた。肩にかけると冷気が防げた。搭乗時、飛行機のタラップから離れた場所でバスから降ろされた。土砂降りの中、乗客全員で飛行機まで走ったが、全身ぬれねずみよ。座席で身体中をスカーフで拭いた。風邪ひかずに帰国できたのはこの布のおかげ。これからひとり旅のお守りとして持ち歩きます。

08

らくちんグッズあれこれ

高級ティッシュ

おひとりさまの特権で、プチぜいたくをしている。

ティッシュペーパーは、柔らかい高級品を買うのよ。通常の商品は特売で5箱250円ほど、1箱50円くらい。しかし高級品は1箱198円。1箱あたり140円ほど高いが…。はなをかむときに肌に触れるふんわり感は、幸せでリッチな気分にしてくれる。

しかも、高いと分かっているので大切に使う。すると、1箱で1カ月以上もつ。ペットボトル飲料1本の差額で高揚感がこんなに味わえるなら、買うべしだわよ。

が、同居の家族がいたら、やめた方がいい。お茶をこぼしたからと何枚も無造作に引き出して机を拭いたり、盛大に3枚重ねではなをかんだりする。「あんたの鼻水なんて、新聞紙で十分よっ！」と、目にするたびにイライラして、精神的にも悪いからね。

そこで高級ティッシュを自分だけ使おうと、こっそり隠していても…。なぜか家族に見つかり「かーちゃんだけ、ずるい」とひがまれる羽目に陥るのだ。ふふ、家族のいる方は、ご愁傷さまデス。

トコは最近、トイレットペーパーもちょっとお高いものにしました。しかし、息子が帰省するときは、特売のものと取り換えるの。ガラガラ使われちゃ、かなわんからね。

携帯用食事はさみ

外食のとき、ちょっとこれ硬いから小さく切りたいな、なんて思ったことはありませんか。

昔は感じなかったけど、最近、よく思うの。あごの筋肉が衰えたのでしょうか。地鶏の炭火焼きなんて、豪快なのはうれしいけど、かみきれませーん！

いったん口に入れたら、出すのはお行儀が悪いので、無理してのみ込んだら、のどに詰まり目を白黒させたことがあるわ。それ以来、危険なので、そっと紙ナプキンに吐き出しています。

特にナイフがない和食だと、困っちゃう。そしたら、携帯用のお食事はさみという商品があったの。つまり、同じ悩みが多いってことでしょう。これを一本バッグに忍ばせておけば、好きな大きさに、チョキチョキですよ。

さっそく、ひとりランチで、高齢者こそ肉を食べるべし、と聞いたので、豚ステーキを食べに行きました。

子どもの離乳食用に、パスタを短く切ってあげるのにも役立つかも。

はさみは二つに分解できるので使用後は、丸洗いできるのよ。

豚ステーキもはさみで
チョキチョキ

鏡ピカピカ

こう見えて、掃除をよくする。きれい好きなのではなく、掃除をしたら運が上がる、と趣味の風水でいわれているからよ。「金運アップ」と唱えながらしていたら、苦手な掃除が楽しくなりました。

しかし、どうしても取れない汚れがある。その一つは、浴室の鏡の染みなのよ。水しぶきが飛んで表面に残ったものが、うろこ状の染みになるのだろう。

体を拭いたバスタオルで、最後に浴室内の水滴を拭うという方もいるが。まねしても続かなかった。結局、鏡の染みは広がるばかり。これが、表面をこすってもなかなか取れない。

防止策としては、水滴を付けたままにしな

い、ということしかない。引っ越しのたびに、今度こそピカピカの鏡のままで過ごしたい、と決意するのだが、なかなかね。

先日、友人宅に泊まった。お風呂に入ったら、浴室の鏡がきれいである。振り返ると、壁に小さなワイパーがぶら下がっている。おお、風呂上がりにこれで、スーイスイと水分を切ればいいのか。

他人の生活をのぞくと、目からうろこなアイデアが転がっており、おひとりさまライフが向上するわ。

量販店で200円ほど。積年の悩みがワンコイン以下で解決よ。

浴室で活躍している
水切りワイパーです

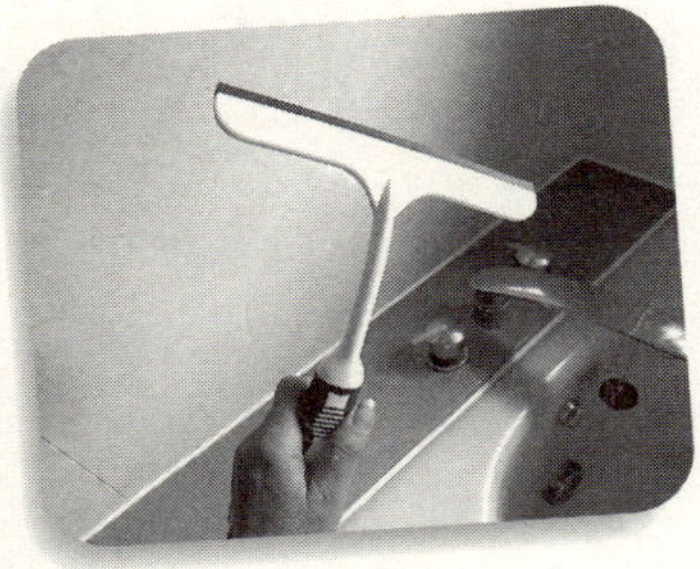

行方不明の服

3月の街は春らしい服装の人が行き交う。白のパンツがステキ！

それを眺めながら、ああ、私も白パンツを持ってたなぁ。

でも白パンツ、どこにしまったっけ、とあれこれ考えた。実は、トコはクローゼットとタンスと、押し入れに洋服を突っ込んでいる。ひとり暮らしなので、収納が使い放題さ。

その弊害で、行方不明の服が多い。

突然、ひらめいた。そうだ！　洋服を1カ所に集めよう。こんな当たり前のことすら、日々の生活の不便さに慣れると分からなくなってしまうのよね。

ハンガーで並べたら、新しいコーディネー

トのアイデアもたくさん浮かんできたわ。この分なら、夏まで洋服買わなくて済みそうですよ。しかも白パンツは４本見つかりました。

収納アドバイザーによると、ハンガーの数を決めて増やさないことが洋服収納のコツ。

１枚買う時は１枚処分する、というルール決めるといいそうよ。

ココナツオイルのおやつ

健康情報が大好きなトコです。ココナツオイルがなんだか体にいいらしい、ということで、今ではスーパーなどにも並んでいますよね。

ココナツオイルは、冬の間は白く固まっていたのですが、気温が上がったら、透明な液体になり、瓶から出すのにべちゃべちゃこぼれて使いにくいの。

何かいい方法はないかなぁと考えていたら、テレビで「女性の美にはナッツを食べるべし」と言っているのを見ました。腹もちもいいので、モデルさんは小腹がすいたらナッツをかじるんですって。

ふむ、これだ！　おひとりさまなので面

倒くさくないように、いいものといいものを合体させてみましょう。

氷を作るトレーに、お気に入りのナッツを入れます。ナッツは無塩で揚げていないものを選びます。それだけだと甘みが少ないので、レーズンやブルーベリーなどドライフルーツも入れてみました。

トレーの大きさにもよりますが、ココナッツオイルを大さじ1弱ずつ流し込み、冷凍庫に入れます。ココナッツオイルが固まって、トコ流「美人のひんやりおやつ」が出来上がり！

1日1個食べるとかなり満足。油断するとすぐに溶けちゃうので、パクッとひと口でどうぞ。

1日1個を
試しています

荷物運び

おひとりさま生活になくてはならないものは「台車」と言っている人がいた。ほんとほんと。台車とまではいかないが、荷物を運ぶキャスター付きの折り畳み「ゴロゴロ」をトコも持ってるわよ。

だって、電球を替えたり、虫を退治したりは、へっちゃらだけど、重たいものを運ぶのだけは、還暦近い女にとって、体力的に無理だもの。腰でも痛めたら生活に支障が出て大変よ。

ところで、今の時季は、飲み物をよく消費する。スーパーで2リットル入りの水のペットボトルを購入するには、2本が限界。それ以上は重くて買って帰れないわ。

そこで飲み物はインターネットで注文するようにしました。箱で購入すると価格もお得だし、玄関まで持ってきてくれるので、本当にありがたいのよ。重たいものはインターネットに限るね！

しかし最近、留守が続いたときのこと。マンションに宅配ボックスという、荷物を受け渡しできるロッカーがあるのですが、そこに水が届けられてしまいました。あっちゃー、自分で部屋まで運ばねばなりません。

こんなとき、台車が役に立つのよ。ゴロゴロで運びましたわ。先日は、ごみ袋を台車で運んでいる人を見掛けました。

物を増やさない

冬物をそろそろ片付けたいけど、衣装ケースがパッンパッン。快適に過ごすために「断捨離」をしていたはずですが、いつの間にか増えています。新しい衣装ケースを買わなきゃかなぁ、と途方に暮れていたら、整理収納アドバイザーの話を聞いて踏みとどまりました。

「皆さん、たくさん持っている、どこから片付けていいか分からない、捨てられない、収納スペースが足りない、と悩んでいますが、最もいけないのは、片付け用の便利グッズを買ってきてまた物を増すことです」と指摘されたの。ひえ～、危なく収納グッズを買って、もっと物を増やすところだったわ。

いきなり大きなことは無理なので、今すぐできる具体的な片付け方法を教えてもらいました。まず、物を増やさないためには在庫管理をすることです。さあ、家中のボールペンを集めてみてください。粗品などでもらったペンがあちこちにあるはず。トコも30本ほどあったわよ。こんなに家にペンがあるの?と驚きました。

書けないペンは捨て、普段使う所に1本だけ出して、残りは1カ所にまとめてしまっておきます。こんなに在庫があるなら、一生ボールペンは買わなくていいよね。

肩に塗ったのは○○

五十肩が快方に向かってます。痛みが和らぎ、動く範囲が広がってきました。皆さんの言うように、やはり1年かかりますね。そこで久しぶりにゴルフに行きましたよ。

ところが帰宅後、肩の痛みがぶり返してきたので、洗面所でスティック状の筋肉痛用の薬を、首から肩にかけて広い範囲で塗った。すぐにスースーするはずが、ちっともスースーしない。量が少なかったかな、と力を込めて上から重ね塗りした。キャップを閉じた時に気が付いた。「これって、脇汗用の制汗スティックだわ」

隣に、筋肉痛用のスティックがあった。同じ場所にあるとはいえ、色も形も結構違うのに、間違えてしまいました。あー、またやっちゃった。こういう勘違いが最近とても多い。洗顔フォームを歯磨き粉と間違えて歯ブラシに塗ったり。最も多い間違いは、クーラーとテレビのリモコン。テレビをつけようと、クーラーのリモコンを画面に向けて操作してます。よく見るとボタンの数が全然違うのに、何で間違えるのかねぇ。

1人で苦笑いしてますが、間違いがこれ以上加速しないように気を付けなきゃ。

身の回りのいろんな物に、「お名前シール」を貼ってみました。

身の回りの物に、
名前を書いたシールを
貼ってみました

袋入りサラダ

おひとりさまでサラダを作るのは結構悩みます。レタスやサニーレタスに、赤と黄色のパプリカを加えたらもっとおいしそう、とスーパーであれこれ品定めをしていたら、パプリカが何と1個200円もする。

「どうせ葉物野菜も使いきれず、しなしなになるから」と、結局買うのはレタス半玉だけで、毎回地味で切ないサラダになるのよ。

スーパーでカット野菜をよく見かけますが、「切った野菜なんてもってのほか！」「野菜は新鮮が一番」と思っていました。ところが最近、よく行くスーパーのカット野菜コーナーに、袋入りのサラダが並び始めたのよ。

和風やイタリアン、コーンのサラダなど見た目も華やか。パプリカが入ったサラダもあり、赤と黄色がまぶしいわっ。

昔のイメージと違って、野菜がどれもきれいで新鮮。しかも洗わずにこのままサラダボウルに盛り付けたら完成よ。なんて楽チンなの。

ただし1袋200〜300円するから、毎食はちょっとね。そう思っていたら、かさ増しテクニックを思い付きました。1袋95円の千切りキャベツを合わせると、計2袋で4〜5回分になります。これでたっぷり生野菜を食べられるぅ。

おひとりさまは袋入りサラダ、買うべしやね。

2袋でこんなに大量

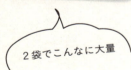

背中ぽかぽか、足元ぽかぽか

寒い時期、同意してくれる女性も多いと思います。手や足がものすごく冷たくなるのよ。寝るときに布団の中で、自分で足をすり合わせても、なかなかぬくもらない。

それで、ハーフサイズの電気毛布を足元に置いて温めていました。しかし毛布の熱で、ひざから下の皮膚の乾燥が激しく、白く粉を吹いてみっともないわ。うーん、どうしたもんじゃろのう。

そんな悩みを話したら「私はずっと湯たんぽを使ってますよ」と友人から言われた。使い方を尋ねると、まずは湯たんぽを、布団の背中が当たる部分に入れておくらしいの。そして寝るときに、足元に移動させる。

すると、背中もぽかぽかしているし、足も温めることができるそうだ。

「翌朝、湯たんぽのお湯がぬるま湯になっているので、それで顔を洗うと気持ちいいですよ」「なるほどっ。エコでもあるわねっ」

しかし、昔ながらの楕円《だえん》形の硬いタイプの湯たんぽは足が当たると痛いな、と思った。インターネットでいろいろ調べると、水枕のような形で、樹脂製の軟らかいタイプがありました。エコ大国ドイツ製よ。カバーもかわいい。

さっそく注文して、ぬくぬく寝てます。

カバーもかわいい
湯たんぽ

安心して大根1本買い

おひとりさまなので、野菜は少量ずつ買わなきゃならない。

特に大根は1本買うと持て余す。煮てもかさが減らないし、油断すると白く「す」が入り、スポンジみたいでおいしくなくなる。早めに大根おろしとかして使いたいが、おろすのは疲れる。昔は息子たちに「塩サバ焼くから、大根おろして」と言いつけることができたのだが、いまはひとり。おろしている途中で、疲れてフゥ～と手が止まる。結構体重を乗せてゴシゴシしているからかな。

キッチングッズの達人「キッチンパラダイス」（福岡市中央区白金）の店主田中文さんから最強の大根おろし器を教えてもらいまし

た。「１００個以上試して、これにたどり着きました。力不要、あっという間におろせます。私は10年近く使っていて、耐久性もありますよ」とのこと。さっそく入手しました。

見た目は普通っぽいが、使ってみて、ビックリ。大根おろしがこんなに軽くスムーズにできるとは、楽しくなって大量におろしちゃった。

おろし過ぎたので、凍らせてみたら、とっても便利だった。麺つゆにポンと入れると、冷えっ冷えのぶっかけ麺を楽しめるの。これからは安心して大根１本買いましょ。

大根おろし器と、
冷凍した大根おろし

イブですけど、何か？

連載おひとりサマンサの紙面から飛び出し、おひとりさまが集まって乾杯しよう。と、思いつき「イブですけど、何か？」を始めました。2013年から毎年クリスマスイブに開催していますよ。

飲んだり食べたり、リピーターさんも増え、トコそっちのけでおしゃべりしたりで、盛り上がってます。

6年前に夫を亡くして、初めてイブに外出できて楽しい！という方や、家族が居ても家庭内おひとりさ

2013年に初めて開いた「イブですけど、何か？」

2014年も盛り上がりました！

まの方。母娘で参加など、いろいろ。トコラムを読んで、息子の人生を決めた方もいらっしゃいました（P108）。

　彼女の息子が親の希望と全く違う道を選びたいと大げんかになった。でも連載を読んで、好きなことをしなさい、と泣きながら送りだしたそうです。「でもいまは彼がイキイキしていて良かったです。記事は切り抜いて今でも冷蔵庫に貼っています、あーまた涙が」と報告してくれたり。

　ひとり旅をしてみたい、とおっしゃってた方が翌年、「1人でイタリアに行って来ました！」と写真を見せてくれたり、うれしいかぎりよ。

　イブを一緒に過ごしたら仲間です。これからも連載オフ会続けますので、ご参加お待ちしてまーす。

2015年には
3回目と
なりました

4回目を
迎えた
2016年

2017年も
楽しかったわ〜

あとがき

少しスッキリしてくれましたか？

この本は2010年9月から続く西日本新聞の大人気連載「おひとりサマンサ」をまとめたものです。

あはは、自分で大人気って書いちゃった。

息子たちの独立をきっかけに始まった、トコのひとり暮らしのアレコレですが、身の回りの些細な出来事ばかり。

新聞読者は毎週、ロールプレイングゲームのようにリアルタイムでトコの生活を目撃し、うなずいたり、応援したり、首をかしげたり。

この本でも、そんな気分が伝わっていたら嬉しいです。

連載初期は、おどおど行動しましたが。いまではソロ活の達人になりました。エッヘン。

さらに紙面を飛び出し、クリスマスイブにパーティーしたり、投稿コーナー「紅皿」の集いの司会をしたり。会いに行ける筆者、としても活動中。そして、延々と載せて下さる西日本新聞の懐の深さに感謝デス。

最後に、ネタにされても諦めている家族よ、ありがとう。

トコ

1959年福岡県北九州市生まれ。慶応義塾大学卒。16年間の専業主婦後、自分の足で人生を歩きたい、と離婚。普通の主婦から無謀にもコラムニストに転身するが、本音と辛口トークがうけて、福岡の人気コメンテーターとなる。女性の元気を発信し続け現在にいたる。人生は変えられるんだ、と実感。本書は、様々なもやもやを解消し小さな気付きを積み重ね、人生をもっと楽しく変える術を綴ったもの。最近は映画監督である次男・松居大悟の逆七光を狙っている。

ＫＢＣ九州朝日放送「アサデス。」、ＦＢＳ福岡放送「めんたいワイド」コメンテーター。

ＫＢＣ九州朝日放送「ガブリナ」パーソナリティー。久留米大学放送論・非常勤講師。

一般社団法人ピュアウーマン代表理事。

tokotoko@tokodesu.com

（撮影・杉田写真館）

おひとりサマンサ

ふわーっと楽しく生きてます

本書は、西日本新聞朝刊に掲載された「おひとりサマンサ」（2010年9月～2018年10月分）の中から抜粋し、加筆・修正したものです。

発行日　2019年1月15日 初版発行

著　者　トコ

発行人　柴田 建哉

発行所　西日本新聞社

福岡市中央区天神1-4-1

TEL（092）711-5523（出版部）

FAX（092）711-8120

www.nnp-books.com

印　刷　青雲印刷

ISBN978-4-8167-0965-4　C0095

デザイン　城戸 正代

イラスト　ムツロ マサコ